无花果

——邹杰散文诗词作品选

邹杰 著

WUHUAGUO

ZOUJIE SANWEN SHICI ZUOPINXUAN

敦煌文艺出版社

图书在版编目（CIP）数据

无花果：邹杰散文诗词作品选 / 邹杰著. -- 兰州：
敦煌文艺出版社，2018.9（2022.1重印）
　ISBN 978-7-5468-1614-2

　Ⅰ.①无… Ⅱ.①邹… Ⅲ.①散文集-中国-当代②
诗词-作品集-中国-当代 Ⅳ.①I217.2

　中国版本图书馆 CIP 数据核字(2018)第 207419 号

无花果——邹杰散文诗词作品选

邹　杰　著

责任编辑：田　园
书籍设计：石　璞

敦煌文艺出版社出版、发行
地址：（730030）兰州市城关区曹家巷1号新闻出版大厦
邮箱：dunhuangwenyi1958@163.com
0931-8121700(编辑部)
0931-8773112　8120135(发行部)

北京一鑫印务有限责任公司印刷
开本 880 毫米×1230 毫米　1/32　印张 4.625　插页3　字数121 千
2018 年 11 月第 1 版　2022 年 1 月第 2 次印刷
印数：401～2400

ISBN 978-7-5468-1614-2
定价：36.00 元

前　言

与命运抗争，自强不息

我出生在川西南一个小山村，我的家乡是很美丽的，常年山清水秀，稻花飘香。我的家乡乐山又是佛教文化之乡，乡村民风淳朴，多有信仰。我的母亲更是一个虔诚的佛教徒，一生行善为乡邻，所以，我们小辈们也有善根，不忘母训，善待他人。我母亲常说，吃得苦中苦，方为人上人。我们也是从小爱劳动、勤学习，总想着有个光彩的人生。

我生在解放前，长在毛泽东时代，沐浴着党的阳光雨露，从小学顺利上到了高中。但是，当我一路顺风时，我的父亲在1962年夏天不幸去世，我的身心受到了极大的伤害。但我仍然刻苦学习，在1965年以优异的成绩考上了兰州大学中文系。我曾在小传中用小调写道："小山村，一民女，少年丧父苦攻读。别慈母，上大学，'文革'风波梦想绝。"什么梦想呢，我报考兰州大学中文系就是想当作家、评论家，但是"文革"击碎了我的梦想，学校停课几年，学业未成。我们成天"斗私批修"，上山下乡劳动锻炼。直到毕业也是分到了省农宣队，下到了乡村劳动。所幸，我在1971年5月分到了甘肃日报社编辑部，但是，天有不测风云，人有旦夕祸福。我命运多舛，一场大病，使我无法在记者部工作。当年的部主任王志宏劝我到资料室休息养生，说你以后还可以回来。可在资料室，一待就是十余年。这期间，我一边积极治病，一边加强身体锻炼，每天坚持步行三公里，使体能增强，失眠有所好转，也消除了对死亡的恐惧感。这里我要感谢同事李绍莲，她给我介绍了中医大夫，为我把脉看病，先后服药200服，使我体力大增。经过一年多的不懈努力，与命运抗争，我最终战胜了疾病。在资料室工作期间，我有机会阅读大量书籍，先后自学了文史哲等书，自己的文化知识有了很大的提高。之后，20世纪80年代开始，我编辑甘报《周末文摘》专刊，一编就是七年多。

这期间，在业务上得到了资深老编辑田企川、李崇寿、俞侠云等前辈的帮助。而在编《周末文摘》的七年多时间，我有幸阅读了国内大量的图书和报纸，在业务上有了较大的提高。

1992年，我到了甘报农村部工作，直到退休。在七年多时间里，我要感谢农村部主任邴积元和马同顺等人的热心指导和帮助。在工作期间，我常深入到县乡村，采写了消息、通讯、特写等大量新闻稿件，也编辑了大量通讯员来稿。我感觉自己成了一位真正的新闻工作者。我的足迹西到敦煌古阳关，东到平庆九县子午岭，南到陇南等地。在采访中，使我体会到做一名合格的新闻工作者实属不易。

当我按时退休后，仍坚持看书看报，偶尔写点小诗文自我宽慰。去年，我一位兰大校友看了我的部分作品，他鼓励我出书，对自己有个交代。常言道，雁过留声，人过留名。我这才鼓起了出书的勇气，同时把自己在甘报社工作期间在甘报和省内报刊上发表的近300篇文稿，进行清理，挑出部分自认为有可读性的散文、特写、报告文学、通讯等文章，以及部分未发表的诗文，决定出书。世界上没有相同的两片叶子，不管我的文章好也罢歹也罢，但仍是我自己独一无二的作品。同时，我想让亲朋好友了解自己所走过的路，是一条艰辛而平凡的新闻工作者之路。

目录

第一辑：散文作品

第二辑:诗词作品

第一辑

散文作品

无花果

　　这大千世界，谁也说不清有多少种果树。但千种万种的果树，几乎都能开出诱人的、令人陶醉的花朵。如那白色的梨花，粉红色的桃花，常常是那样娇艳夺目，令多少诗人为之咏叹。然而，这些花朵对我来说，不过是过眼烟云，那些果实虽然吃起来很好吃，但我吃过后也就不再去思念它了。唯独那人们看不见花开花落，却又结出诱人果实的无花果，使我偏爱而不能忘记。

　　虽然我已离开盛产无花果的江南二十多年了，但每到夏秋之交，我就会不由自主地思念起无花果来。为此我常跑到花木园地里去找寻，以了却心愿。有一年夏天，在无花果盆景前触景生情，我写过一首题为《无花果赞》的小诗：

> 没有报春的色彩，
> 没有惹人的俏花。
> 从不矫揉造作，
> 更不妒群芳美色。
> 紫红色的肉果哟，
> 羞红了姑娘的双腮！

　　今天读这首小诗，更添一份情怀。我独爱无花果，是因为爱它那种朴实无华，默默奉献的精神。每当我想起它，就想起了我那已谢世十几年的慈母，因为她和无花果还有一段令人难忘的往事。

　　记得在我上小学四年级的时候，大嫂患了严重的妇科病，整天血流不止。因家境贫寒，无法送嫂嫂去县城大医院看病。当地的中医大夫都求遍了，仍然不见好转。只见嫂嫂一天天消瘦下去，卧床不起。在这危难之际，远方的大姨妈忽然来访。她略懂一点医术，告诉我母亲："找些无花果根和猪肉炖熟后，吃肉喝汤，病就不治而愈了。"母亲立刻到邻村求人挖得一把无花果根，按照姨妈所说，和肉一起炖给嫂嫂吃了。果然，她的病一星期后就能下床走动了。又过了些天，病就完全好了。大哥一年来愁眉不展的脸也现出了笑容，我的母亲更是喜滋滋的，我的心也得到了平静。我们全家人又都欢乐起来了。

无花果根有如此的神通，母亲决定栽种它。母亲把嫂嫂吃剩下的一枝根插入我家房后的地边上，不久它就冒出了新芽，长出了新枝。一年后长成了一米多高的小乔木，它那大而粗糙的掌状叶子，碧绿碧绿的。两年后的一个夏天，茂盛的无花果树不见开花，就变戏法似的结出了绿色的小果子。一天天由小长大，由绿变红。果子无核，全是果肉。当你把它上面一层薄薄的皮揭掉后，又白又紫红的果肉清香扑鼻，吃起来香甜可口，别有一番风味。母亲更是喜欢吃。

岁月过去几多时，如烟往事难忘却。由我母亲一手栽种培育的无花果，几经风雨，早在一场大旱中枯死了。但令人欣慰的是，我的嫂嫂一直很健康，而今已步入花甲之年。她们家近几年在党的富民政策的指引下，已旧貌换新颜。古老而破旧的茅屋已不复存在，代之而起的是一幢砖木结构的二层小楼。母亲虽然没能等到这一天，但母亲的音容笑貌却时时浮现在我的眼前。每当看到盆景中的无花果树时，我就会更加思念我那像无花果一样朴实的母亲。

载《甘肃日报》1989 年 11 月 9 日 "百花" 副刊

什么是传播学？

传播学是什么？广义讲，传播学就是研究人类一切传播行为的学问。狭义讲，传播学就是指的大众传播学（大众传

播学是传播学的一个重要分支)。大众传播是指：职业的传播者（团体或个人）利用传播媒介，将大量的信息系统地传送给群众的过程。大众传播学是研究大众传播事业的发生、发展及其与社会的关系、大众传播的功能、方式、内容、过程及效果的一门学问。它的具体研究对象就是报纸、广播、电视、电影、书刊、通讯社、广告等传播媒介。传播学与新闻之间既有着血缘的关系，又有不同之处。传播学重视理论研究，新闻学则重视业务研究。新闻学重视新闻工作人员的业务训练和新闻事业的经营管理，而传播学重视传播媒介与社会的关系、传播行为及效果等方面的理论研究。学者们认为传播媒介是社会中流通线上的主要"把关人"，"把关人"就成为传播学研究的重要题目。

传播学在西方，已发展了四十多年。20世纪30年代始，西方一些学者分别从社会学、心理学、政治学、语言学的角度，运用各自所擅长的数学、物理学等自然科学手段，对人类社会中与信息传播现象有关的问题，进行分析和研究。50年代后，他们的研究开始被新闻界用来指导新闻报道、竞选宣传、商业广告和新闻教育。目前，美国首先发展起来的传播学理论，已在全世界许多国家流行。英、德、日、意等国家的人们对传播学有广泛的兴趣和研究。而且在比较发达的第三世界国家，以及苏联、南斯拉夫等国，引起了高度的重视和研究。联合国已由教科文组织设立了大众传播资料中心，汇集有关论文和著作，举行国际会议讨论和交流经验。

载《甘肃日报》1984 年 12 月 28 日四版

"牛年"话牛

甲子过去后，将进入乙丑年，"牛年"话牛。

人们对于牛不无感情，可以说每个人和它都有联系。记得江南水乡，牧童与牛朝夕相处。炎热的夏天，牧童横卧牛背戏于水中的情景更令人陶醉。

牛与人类的关系始于四十万年以前，仰韶遗址中有牛骨的发现。在西周时期牛的饲养有了较大的发展。东周时期，铁制农具为深耕创造了条件。这时，耕与牛相连。战国时期，牛耕地广为流行。尤其在秦国商鞅变法后，更为提倡牛耕。这样，牛与人的关系更密切了。

牛不仅能耕地，在汉初还是主要的交通工具，那时很盛行牛拉车。从而，人们对牛更加喜爱。古代绘画中关于人与牛的形态更是绘声绘色，千姿百态。唐代名画家戴嵩，喜画山水，尤喜画水牛。他曾画了一幅《斗牛图》。不过，由于他对牛的习性观察不够，画的两牛相斗，仅是"皆举其尾"。乍看起来，生动壮观，但在识真牛的农民眼里"见而窃笑"，因为两牛相斗，尾巴是夹着的。

人们喜爱牛。还因为它对人类有多种多样的服务，牛因种类不同，其用途不一。乳牛供给人们牛奶，黄牛和水牛主要是役用，其他如牦牛及杂种牛多为肉食。

牛全身都是宝，牛油是制肥皂脂肪酸的重要原料，且可食用。气管炎病人服用后更能润肺止咳。"牛黄"，即黄牛或水牛的胆结石，是名贵的中药。牛皮在皮革工业中的用途就更大了。牛毛也是工业原料。牛粪更是农家宝。

牛不但对于人类的贡献大，而且它那倔强的性格和忍辱负重的精神也被人类所赞美。难怪鲁迅先生的座右铭是："横眉冷对千夫指，俯首甘为孺子牛。"

载《社会服务报》1985 年 1 月 8 日

做公仆

古人有"文官不爱钱，武官不怕死"的名言。这对于今人也不无道理。这里，笔者且不谈"武官不怕死"，单说说"文官不爱钱"吧。

今天，党的各级干部是大大高于古人的。这是因为他们肩负新的历史使命，是为人民服务的公仆。公仆，当然是不贪钱的，是大公无私的，是全心全意为人民服务的。正如一块煤，燃烧自己，温暖别人。事实上，许多干部不仅在战争年代出生入死，而且在社会主义建设中披肝沥胆，深受人民爱戴。有的虽已年近古稀，或是退居二线，仍然"无意论功过，有心献余热"。但也有一些干部，忘掉了自己的使命，忘掉了"人民公仆"这一崇高的荣誉。其中少数干部爱钱如命，见钱眼红。因为爱钱，蝇利必争，就不顾党纪国法，搞歪门邪道：乘改革之机，侵吞国家资财，亦官亦商者有之，接受贿赂者有之，"近水楼台先得月"者更有之。对于这样的干部，如果教育不改，就应当像清代汤潜庵罢"一钱"官那样，摘掉其乌纱帽，以正党风。

陈毅同志在《七古·手莫伸》中说："手莫伸，伸手必被捉。党与人民在监督，万目睽睽难逃脱。"劝那些向国家和人民伸手者，快把手缩回去。

用笔名舟楫发表
载《甘肃日报》1985 年 4 月 21 日四版

注：我的这篇文章，是应邀为报告文学集《黄土地上的创业者》（敦煌文艺出版社 1990 年 4 月版）撰写的。

郑晓静与兰大力学系

1973 年陈景润发表论文，把二百多年来人们未能解决的哥德巴赫猜想证明大大推进了一步，随之而成为享誉中外的大数学家。这里要记述的，是一个知名度还不能和陈氏相提并论的人，一个向非线性固体力学攻坚的女博士。她在力学界引起的关注，已表明这是一位有着希望之光的知识新秀。

一次打动人心的演讲

阳春三月，清风徐来，兰州大学校园里一派生机。这天下午，我带着采访任务，来到力学系一年级的学习交流会上。青年教师郑晓静的精彩演讲深深地叩动着我的心。

郑晓静，这位出身于高级知识分子家庭的青年，年仅三十岁。和同龄人相比，她已是取得了硕士、博士学位的青年学者了。由于在科研中成绩突出，她曾荣获 1988 年"中国科学技术协会青年科技奖"。

面对着三十多名一年级的大学生，郑晓静羞赧地笑了笑，走上了讲台。

她留着齐耳的短发，穿着一件土黄色外套，中等身材。在她那圆而方的脸上嵌着一对有神的杏眼，一副深度浅色近视眼镜架在那不太高的鼻梁上，显得自然而协调。她虽然没有当代女青年时尚的衣着，更没有用高级化妆品来修饰自己，但从她那朴素、大方的穿着中，却透着一种文雅娴静的学者气。

她虽然在接受记者的采访中不善言辞，而一走上讲台，

站在学生们的面前时,却是那样滔滔不绝。她不带讲稿,娓娓道来。

1975年她高中毕业时,高中毕业生最好的前景不过是进工厂当工人,而大部分的学生得上山下乡。

郑晓静的学习虽好,但却不能考大学,只好到湖北省麻城县(今麻城市)白果公社插队落户。那里,山大沟深,贫穷落后。她碰到的第一个问题是生存,只能为了吃饱肚子而劳动,哪还有什么学习机会呢?

1977年,国家恢复了大学招考制。郑晓静有了学习的机会和前景。可是,那时的农村是个什么样子呀?信息闭塞,没有电灯,白天还要下地劳动,晚上才能在昏暗的油灯下看点书。个中的苦楚是难以想象的。就是在这艰苦的条件下,她仍然孜孜以求,常常复习功课到深夜。经过三个月的挑灯奋战,她去参加高考,于1978年3月考入武汉华中工学院(今华中科技大学)力学系。

"文革"期间,不少老师因不教学而不熟悉教材,同时学校也被破坏得体无完肤。学生们没有桌子上课,就只得在凳子的扶手上学习、写字。因机会难得,郑晓静的学习非常自觉刻苦。这大概就是体验过农村生活的好处吧。她当时虽无"头悬梁,锥刺股"的生动形象,但确实是废寝忘食,夜以继日……

在力学系资料室,我翻阅了她的档案材料。她在博士结业考核中,各科成绩均在九十分以上。她的外语水平已达到和国外同行交谈的程度,系里曾几次委派她陪同前来兰州大学参观的外国力学界同行。

郑晓静还结合实际问题向学生们进行思想教育。她说:"你们中有人说,不上大学经商的同学比你们混得好。还有什么读书苦,读书穷等等。"

讲到这里,她像是在思考什么,又像是在等待什么。她的面孔是沉着的,语气却是坚定的。她说,这些都是现实问题，但却是暂时存在且正逐渐扭转的问题。它不应是我们攀比的标准，更不应成为我们学习的目的。如果是为了这，那就太俗气了。

她说，"脑体倒挂"的问题不能永远存在，希望同学们放眼未来。科学的发展，更需要竞争，需要知识的竞争。如果你们放弃现在学习的好时光，将来是会后悔的。

说到这儿，她停了停，望望大家，又语重心长地说，她在上大学时，就后悔过自己在农村插队那两年没有抓紧机会学习，而她的老师则后悔在"文革"期间没有看到未来而放弃了再学习的机会。

她接着说，学习苦一点，搞科研苦一点，但苦中有乐。科学家的成果是可以造福于人类的。这是精神财富，它又可以转化为物质财富。今天，大学培养的是建设社会主义的合格人才，而不是培养财主富翁的地方！……

郑晓静那热情洋溢的演讲结束了。学生们静静地沉浸在思索中。当她走下讲台离开教室时，那热烈的掌声还在教室里久久地回荡着。

从她那镜片后面闪动着的眼神里，从那愉快而和善的微笑中，我感到了力量、志气，受到了鼓舞。看着校园里怒放的迎春花，我在想，站在我面前的她，不正像那盛开的一枝馨香的迎春花吗？

冯·卡门方程的攻克者

1987 年 11 月 28 日，是郑晓静难忘的日子。这天上午，她面对力学界的前辈们，进行了四个小时的博士论文答辩。

她的论文是研究"冯·卡门方程"，即非线性固体力学的理论问题。

在力学界，不知道冯·卡门（Theodor von káarmán）的人几乎没有。冯氏是世界著名的力学家，1881 年出生于布达佩斯。他曾在德国阿亨大学领导过航空科学技术的教学工作。

在1911至1912年，冯·卡门提出分析带旋涡尾流及其所产生的阻力的理论。1930年，冯·卡门由德赴美，在加州理工学院任教，他的工作转入飞机设计配合的方向。在这期间，冯·卡门与中国力学家钱学森合作，于1941年解决了圆柱薄壳结构在轴向下压力作用下的大挠度失稳问题（即有名的冯·卡门方程），从而解释了以前理论计算与实验结果的差别。

但是，冯·卡门方程的精确解还有待于研究。而在中国，对冯氏方程有过研究并取得成就的要数力学家钱伟长先生和叶开沅先生了。

钱先生的论证，提出了以中心位移为摄动参数的摄动法，从而更接近精确解。

叶先生在求扁壳稳定性上又优于钱先生。但是，叶先生的论证仍未接近冯·卡门的精确解。

郑晓静的博士论文答辩在兰州大学体育馆会议室里进行。那天，坐在考评席上的是我国著名力学家、上海工大校长、中科院学部委员钱伟长教授，郑晓静的导师叶开沅先生，甘肃工业大学（今兰州理工大学）教授魏庆同以及铁道学院的教授、专家、学者们。

学者们一面静听着郑晓静的讲解，一面目不转睛地盯着从透影仪显示到屏幕上的数据和方程解析。

站在答辩台上的郑晓静，胸有成竹，尽管腹中骚动的婴儿不时拳打脚踢，但并未影响到她的成功。她的论文以较为全面的理论分析，讨论了求解卡门方程的几种常用的解析求解法。论文采用解析内插迭代法，依其所得的优化选择内插因子的解析解验公式，解决了圆板卡门方程与薄膜理论的过渡问题，并给出了卡门方程适用域的定量判据。她的论文详细讨论了常见的解析求得方法之间的相互关系，给出级数法，任意参数的迭代法，任意参数的摄动法包括钱氏摄动法，所证迭氏法的收敛性证明都是无可辩驳的。

其论文涉及的全部计算问题，依所采用的计算方法，分

别编制了 FORTRAN 通用程序。该程序的主要特点是简单、方便、占用少量单元，且所需的计算时间少，对于常见的边界条件均适合。

答辩结束后，答辩委员会一致建议授予她博士学位。

坐在考评席上的导师叶开沅教授，满意地点头微笑着。

老而弥坚的力学家钱伟长先生，在接受《甘肃日报》记者采访时说："郑晓静的论文，解决了自 1910 年以来国际力学界未能解决的一个重要难题，也解决了我和叶开沅教授多年来未能解决的问题。这是十分可喜的。"

钱先生对于力学系教授叶开沅一次能培养出郑晓静、邓梁波、刘军、纪振义、叶志明等五名博士生十分高兴。他说："这在全国的大专院校里都是少见的。"

有关郑晓静的答辩情况，《甘肃日报》曾作了简短的报道。她的这篇约十万字的博士论文，先后在《中国科学》《力学学报》《应用数学和力学》以及《兰州大学学报》上分类刊登了，在国内外力学界引起了不小的震动，受到了同行们的高度评价。

爱因斯坦曾说过："成功=艰苦的劳动+正确的方法+少说空话。"

郑晓静在攻克冯·卡门方程的漫长道路上充满艰辛。从 1978 年她考上华中工学院（今华中科技大学）力学系开始，到 1982 年修完本科课程，在该校力学系攻读硕士学位的几年中，她对圆薄板受集中力作用的精确解进行了细致的推理和计算。1984 年她攻克了这一难题，获得硕士学位。1985 年她考入兰州大学力学系攻读理学博士学位，在导师叶开沅教授的指导下，决心攻克非线性固体力学的另一座高峰——冯·卡门方程。

郑晓静在推理和计算冯氏方程精确解的两年多时间，七百多天里，不分春夏秋冬，没日没夜地埋头于图书馆和宿舍的书桌，翻阅资料，查找数据，耗尽了心血。有时，为了一

个数据，一个推理，她不知疲倦地反复进行验算。她写出约十万字的论文，耗去的草稿纸有几大捆。这每一页草稿纸上都浸渍着郑晓静的心血和汗水。

她和同是力学系硕士生的周有和在新婚宴尔之后，就分开了，只身离开武汉来到兰州。在攻读博士学位的两年多时间里，她与爱人很少在一起游玩。只是陪同外宾去过五泉公园，其他公园和娱乐场所她从未涉足。

就在她将要迎接答辩的前几个月，孕期的反应相当强烈。这个从小在武汉长江边长大的姑娘，喜欢吃米饭、鱼，但因住在学生宿舍不便搞饭，而且为了节约时间和减少开支，她只能坚持在学生食堂就餐。

她说，她吃饭只是为了填饱肚子，顾不得什么享受和营养了。

她又风趣地告诉我，大概是在孕期不挑食吧，生下的女儿是个地道的北方娃，什么都吃，特别爱吃面条，长得结结实实的。

我在郑晓静的家里见到了她一岁多的小女儿，果然黑里透红，胖胖的，一副小子气。

从郑晓静不愿讲述的故事里，让人感受到一种难得的精神。她也是一个难得的人才！同时，我深深体会到这样一个真理："世界荣誉的桂冠，都用荆棘编织而成。"

在力学系这个王国里

郑晓静取得博士学位之后，叶开沅先生立即向校领导举荐让她留校工作。于是，她便毅然留在大西北的兰州大学力学系任教了。

长期从事本构关系研究的苗天德主任，充满激情地说："在'西水东流'的情况下，晓静不嫌西北艰苦，能留下来，我们很高兴。她放弃了去华中工学院（今华中科技大学）、上海工大、北京大学等地教学或继续攻读博士后的机会，这种精神实在难能可贵!"其喜悦之情,溢于言表。

为了使郑晓静能安心教学和搞科研,力学系设法将她的爱人周有和从武汉调到兰大。现在,他也在叶先生的指导下一边教学一边攻读博士学位。

校系领导又设法从博士生楼为郑晓静夫妇解决了一套两室一厅的住房。

在我采访之际,力学系刚刚向学校呈报了郑晓静的副教授职称,只待校领导审批。据说,这是力学系对她的破格提升。

郑晓静动情地说:"我留下来,是因为系上对我太好了。在兰大力学系只要你有成果就会得到承认,不搞论资排辈。"

1987年7月,力学系又让郑晓静参加了在兰州召开的青年力学协会第一届年会。一些外国力学界同行来校参观,系上又派郑晓静等青年教师陪同,交流学习经验。

由于力学系识才、爱才、荐才,几年来,郑晓静在《中国科学》《应用数学和力学》等学术刊物上共发表论文九篇。她的博士论文《冯·卡门方程的精确解》荣获了首届"中国科学技术协会青年科技奖"。

1988年的金秋九月,中国科协主席钱学森向她颁发了荣誉证书。她是中国力学系统仅有的两名获奖者之一。当记者前去采访她时,她说:"请不要写我,我的资历太浅。在力学系有许多老前辈比我更值得你们去写。"

的确,在兰大力学系这个力学王国里,人才荟萃,群英济济。

郑晓静的导师叶开沅是国内外知名的力学家。在我采访力学系之时,他正在加拿大、美国等地的高等学府讲学。叶先生知识渊博,对人豁达大度。他先后培养了六名博士研究生,这在全国是首屈一指的。叶先生在弹性力学及其运动规律上取得了突出的成就,有"小钱伟长"之戏称。在"文革"中,他身陷囹圄,但仍然坚持"非均匀介质"的研究。1978

年召开的全国科学大会上，叶先生带去了他的"狱中论文"
——《非均匀度弹性力学的若干问题》。钱伟长先生读了论文
后激动地说："真是了不起的奇迹!"

中年教师王朴，在流动力学的研究中有所突破，获国家
教委科技进步二等奖。这位力学系唯一的研究员，去年冬天
去加拿大协助搞科研了。据说，他的论文最多，尤其是在计
算流体力学、海湾力学方面国内外都很有名气。

分管研究生工作的俞焕然主任，在结构优化的研究中成
绩突出，曾荣获甘肃省科技二等奖。同时，这位高大而精力
过人的主任，还是带领研究生的行家里手。

来自甘肃省最贫困县会宁的青年教师王银邦，是甘肃省
的第一个工学博士生。他在研究方板、断体力学上取得了较
好的成绩，正被力学系推荐"霍英东基金奖"。这位瘦弱的高
个子教师，还是力学系教学中的骨干，据说他任课最多。

在力学系的教师中，远不止这几位佼佼者，只是限于篇
幅而不能一一介绍。也许，郑晓静不迷恋水乡江南，不迷恋
那风景秀丽的上海、北京，甘愿留在大西北过艰苦的日子，
正是因为有着这么一块热土。是的，她能够从老教授那里吸
取营养，从同事那里获得力量，从领导那里得到支持和信任，
使自己的"羽毛"更加丰满起来，在力学王国里自由翱翔。

想着兰大力学系，想着郑晓静和她的同事们，我的心里
波翻浪涌。我真想为他们写一首诗，唱一支歌。但又觉得无
论是诗还是歌，都不能抒尽我心中之情。他们的科研精神和
事业，比诗更美妙，比歌更隽永，更豪迈。

收入《黄土地上的创业者》一书
敦煌文艺出版社 1990 年 4 月版

南湖晨曲

东方刚刚发白，雄鸡还在啼鸣的时候，63 岁的省供销社退休老干部程根庭就蹬上自车，带上收录机，向南湖公园飞驰而去。他从 1987 年夏天光顾南湖公园至今，已有几个年头了。不管天晴下雨，不管刮风下雪，他和他的一些同龄人都坚持到南湖公园跳老年迪斯科。

每天，公园都热情地欢迎这些中老年人。大门早早地为他们开着，每月只收少量电费，让他们安了一个高音喇叭。当程根庭每天把一切准备就绪时，住在科学院、雁滩桥头、省图书馆、省防疫站、省干休所、省建行、兰州造纸厂，以及宁卧庄南湖一带的中老年人或跑步，或蹬车，很快就来了。100 多人的阵容排列整齐，便随着迪斯科舞曲跳起来。几年来，他们在南湖公园已跳了二十几个舞曲。不管是北京的、上海的，还是天津的迪斯科，只要有老师教，他们就乐意学新的。要问他们的老师，第一个当然是发起人程根庭了，以后换了一个又一个。但这些老师都是毛遂自荐，甘为大家义务服务的热心人。如省工商银行的女干部郭大姐就是其中之一。这几天，兰州造纸厂的青年女工刘春也自告奋勇地来到这里，义务教他们跳"潇洒迪斯科"。

说起跳中老年迪斯科的好处，程根庭打开了话匣子。他说："好处不一样，各人有各人的体会。就说我吧，过去有关节炎，自打跳迪斯科后，关节不痛了，行走、骑车都很自如。过去体重 80 公斤，坚持这几年后，每天饭量增加，体重还减到 70 公斤。"在程根庭后面的任大姐，在某建筑单位工伤后留下脑震荡后遗症，前些年时常发作。自从坚持跳迪斯科后，再没有发作过。

看着这些老年人潇洒的舞姿和愉悦的面容，我这个天生

没有艺术细胞的人，也情不自禁地和着舞曲，跟随他们跳了起来。这个星期天早晨，和过去围着锅台转的星期天早晨比起来，实在是新鲜、充实和愉快。

载《甘肃日报》1990年4月15日四版

前景广阔的事业
——访兰州大学科技开发总公司

杨柳依依，花繁锦簇的季节，我叩开了兰州大学科技开发总公司办公室的门。邓自修总经理接待了我。

"邓总经理，请问你们开发公司目前的经济效益如何？"我开门见山地问。

体魄健壮闪烁着睿智目光的邓总经理说，改革开放以来，我们高等院校的办学职能也发生了变化。一是教学，二是科研，三是为社会服务。兰州大学地处甘肃，光靠国家拨款和地方资助办学是不够的。我们成立科技开发公司，就是想在经济上打翻身仗。但是，我们办公司起步晚，经济效益还不显著。我国东南部几所科技开发搞得好的高校，年经济总收入达9亿元，超过国家每年拨的教育经费。这无疑是一件好事，对国家、对社会、对学校都是有益的。

邓总经理说："我校开发公司下属的兰州兰花研究公司，已经有了经济效益。下属的新疆科技开发公司，目前还没有显示其经济效益。不过，兰大的教师是我们开发公司强大的科技后盾，只要他们有科研成果，公司就利用，就为其推广，使之为社会服务。在这方面，我们主要搞高新技术产品的开发，搞老产品新技术的开发。例如，兰大磁性材料研究所研究的'等轴晶八类磁钢'就是高新产品。该产品的磁心是关键材料，目前国内只有少数厂家生产，且合格率低，多的要从美国进口。我们研究的'等轴晶八类磁钢'的磁心合格，可不从美国进口，这就为国家节约不少外汇。现在，我们已和石油部物探局仪器厂签订了技术研制合同书。这项产品一旦投产，其经济收入也是很可观的。

"再比如，我校杨汝栋教授用芒硝合成了纯碱生产'偏硅酸钠'解决了在市场上纯碱紧张的问题。去年10月，我考察了新疆乌鲁木齐市郊、吐鲁番和托克逊地区。新疆的芒硝资源很丰富，其他矿产资源也很丰富。我们总公司准备在新疆搞经济开发实体，搞技术开发和技术转让，特别是在新疆搞石化系列产品前景不可估量。"说到这里，邓总经理的脸上露出了愉悦的笑容。

"邓总经理，你们下属的兰州兰花研究开发公司在海内外颇有知名度了，您能谈谈吗?"我说。

邓总经理高兴地谈起了兰花公司。兰州兰花研究公司是我国第一家从事兰花技术研究开发的公司。1988年4月，由兰州大学细胞生物学研究室和兰州市园林科学研究所的科技人员组建而成。目前，该公司已从美国、荷兰、泰国引进数百个热带气生兰珍品，采用兰花组织培养技术培育出试管苗，栽培出各种热带气生兰新品种。一年多来，兰花公司已培育出试管苗90多万株，栽种出各种兰花幼苗28万株。目前，兰花试管苗已远销美国等国家和港澳地区，创收2.4万美元。仅1989年，兰花公司的经济总收入已达28万多元。可以说，兰州兰花公司已成为全国试管苗生产和创汇基地。

"请问邓总经理，兰州兰花研究开发公司有何远景规划?"我问。

邓总经理充满信心地说："近年，兰州兰花研究开发公司，为了给国家创更多的外汇，为了更好地占领国际市场，在深圳建立了深圳兰花科技开发公司。利用深圳的气候优势，在那里建起了约200平方米的温室，600平方米的防晒大棚。同时，在兰州农科所、科学院生物所，以及武威、陇西、金

昌等地建立了兰花联营生产开发基地。"邓总经理提高了嗓音说:"可以说兰州兰花研究开发公司将更加兴旺发达,兰花在国内外的市场广阔,前途远大。"

载《甘肃日报》1990 年 8 月 24 日四版

黄土高坡上的兰花王国

去年春季,厦门的第二届中国兰花博览会盛况空前。博览会云集着来自 17 个省市自治区,以及泰国的上万盆兰花珍品。日本、泰国、新加坡等国家和港澳地区的许多兰友远道而来助兴,成千上万的爱兰者蜂拥而至,都想一睹兰花的风采。各具风采的兰花经过评委会激烈的评选,最后决出金牌 15 枚,银牌 30 枚,铜牌 33 枚,特别奖 5 个,布置奖 5 个。来自大西北的兰州兰花研究开发公司选送的绿色兜兰,在热带气生兰中一举夺魁,获得金奖;彩斑兜兰获得铜奖;洋兰生产及开发获得特别奖。

中国兰花协会理事、兰大生物系副教授、兰州兰花研究开发公司经理谷祝平手捧金牌,激动得热泪盈眶。他和同事们几年来精心培育的兰花终于迎春怒放了,得到了海内外兰友们的高度赞誉。那是 1988 年春,兰州市科委向他们生物系下达了研究兰花组织培养和试管苗生产的科研任务。他这位曾于 1984 年 8 月以访问学者的身份到美国学习了两年兰花生物和组织培养研究的副教授,决心从国外引进兰花珍品,培育出新品种。经过几年的不懈努力,终于取得了可喜的成果。而今兰花研究开发公司已从美国、荷兰、泰国引进了数百个热带气生兰珍品。他又和其他科研人员一道,培育出了试管苗,栽种出了各种热带气生兰新品种。

一年多来，兰花研究开发公司已培育出试管苗约 90 多万株，栽种出兰花苗 28 万株。兰花研究开发公司已在大西北独占鳌头，成为我国第一家从事兰花技术研究开发的公司。兰花研究开发公司从 1988 年以来，先后参加了在广州、兰州、无锡、北京、厦门举办的各种花展，共获奖 20 余项，逐渐在海内外有了名气。如今，兰花试管苗已远销美国等国家和港澳地区，并为国家创收 2.4 万美元。今天的兰花公司不光是对兰花进行研究，而且已成为经济实体。1989 年其经济总收入为 28 万多元。兰花公司已成为全国试管苗生产和创汇基地，这在黄土高原确实是了不起的成绩！

在大西北黄土带，就是中国地生兰也是不多见的，何况热带气生兰珍品要在中国大西北高寒地带生根、发芽、开花，更是谈何容易。然而，在兰州大学生物系园地，笔者观赏了兰州兰花研究开发公司培育的兰花。在占地约 120 平方米的兰花苗圃温室内，摆放着成千上万盆兰花苗和几十盆盛开着的各类兰花。这些兰花苗和兰花都是无土培育的，兰花苗栽种在红色塑料盆里的红松皮中。中国地生兰风姿优雅，叶秀花香，素有"空谷佳人"之美称。而我眼前的热带气生兰，却长着如牛耳般大小，似仙人掌肥厚的浅绿色斑点的叶子。一株株竞相吐翠的兰花又有着异国兰花热烈、艳丽、富贵的情调。文心兰红黄色相辉映，那一簇簇小花似小蝶飞舞，故又称之为"舞女兰"。据说，文心兰在世界花卉市场上很是畅销。洁白如玉，或粉白交加的蝴蝶兰清香艳美，如翩翩起舞的蝴蝶，分外妖娆。还有那盆上端如水蜜桃、下端似拖鞋的多色拖鞋兰奇种，更是绚丽而娇媚。再看那一株株绽开着的蓓蕾，大者如盘，小者如拳，洒脱而飘逸。卡德利亚兰，有的红如玛瑙，有的黄红交加。碧如翡翠的绿色兜兰气质高雅而不凡，堪称兰花中之珍品。据介绍，在温室里一年四季兰花飘香：拖兰在春夏开花；卡德利亚兰和翡翠兰在冬春开花；蝴蝶兰在春秋开花。

在兰花试管苗培育室，只见那一个个的木架上，放着一瓶挨一瓶的试管苗。试管苗对温度、湿度和阳光都有严格的要求。这里设备齐全，可控制湿度、温度。据介绍，目前已有试管苗1200多瓶。目前，兰花研究开发公司已向美国批量出口兰花试管苗。同时，该公司还向有关部门出售肥料、试管苗培养液。

为了进一步占领国际市场，创更多的外汇，近年来，兰花研究开发公司利用深圳的气候优势，在那里建起200平方米的温室，600平方米的防晒大棚，办起了深圳兰花科技开发公司。他们把兰州培育好的苗系拿到深圳去育苗，向港澳地区和海外出售。

兰州兰花研究开发公司可以说前景很可观。据了解，在当今国际兰花市场上，兰花种类繁多，约有500多类三万余种，有国兰和洋兰之分。近年来，兰花中的珍品如文心兰、卡德利亚兰、拖鞋兰、蝴蝶兰，以及国兰中的达摩、状元红、绿梅等在西欧、日本、北美需求量很大。在国内，各大小宾馆和大厂矿企业也争相选购兰花，供外宾观赏。在南方养兰、爱兰者更多，兰花在国内也有着广阔的市场。预计，我国今后兰花产销势态将会越来越好。

笔名：蜀水
载《西部世界》1991年第2期

迎接丝路节　　治理"龙须沟"
——雁滩南河道疏浚工程纪实

兰州市南河道地段多年来垃圾成堆，污水横流，夏日臭气熏天，蚊蝇繁多，可谓过去北京的"龙须沟"。如今，为迎接"首届中国丝路节"，兰州市打响了整治雁滩南河道环境污染的大型工程。

正在建设的"雁滩南河道疏浚工程",由兰州市市政公司一处承建。工程全长 8240 米,起点在雁滩滩尖子西北侧黄河边,终点位于草地公园东北角黄河边上。河道分三大部分:河道部分、桥梁部分、进出口闸门部分。河道上要新建 5 座桥梁、1 座进水闸、1 座出口防洪闸。据市工程公司技术专家介绍,如果资金足,各种条件具备,5 年左右可完成全部工程。目前,为迎接丝路节,将在今年 8 月底完成从雁滩桥西到起点前一段,共 1.27 公里长的河道疏浚工程。

前不久,记者冒雨两次走访了战斗在雁滩南河道上的工程建设者们。在工地,只见翻斗车、大卡车往返运送水泥、砂石,挖掘机正忙碌地从南河滩上挖掘污泥等物,一派繁忙景象。在女工小宋的指引下,我在桥西约 1 公里处找到了邸段长。邸段长已经在工地连续值班 10 多天了。他在简易的工房里介绍说:"我们从今年 3 月 25 日开工,截至 5 月 15 日,已挖掘出 300 米的沟槽,整治底宽 12 米、护坡高 5.2 米的河道 280 米长。我们一处曾在 70 天完成了铁路中心过街天桥,为了向丝路节献礼,无论是民工,还是工人都加班加点地干。平常每天早上 7 点开工,晚上八九点才收工,遇到特殊情况,就得连夜干。我们的进度在工程材料保证的情况下,很快。"

这条正在建设着、整治着的工程,是美化兰州市环境、造福于市民的"希望工程"。市民们将期待着有关方面的鼎力相助,早日竣工。

载《甘肃日报》1992 年 6 月 11 日二版

瞄准市场搞开发　　勃勃生机活水来
——永登县改革开放纪实

　　"问渠那得清如许，为有源头活水来。"改革开放的大潮冲洗着 6090 平方公里的永登大地。这块黄土高原与祁连山交汇地今日正在发生着令人瞩目的巨变。

　　解放思想，东进西出找市场，独辟蹊径搞开发。贫穷干旱的永登，有着得天独厚的矿产资源。这里贮藏着 2.9 亿吨的石灰石，3.1 亿吨的石英石，1.3 亿吨的煤，1674 万吨的石膏石。如何把这些丰富的自然资源变为商品，造福于永登县 46 万人民呢？近年来，县委、县政府走出去考察，请进来研究，认识到只有学沿海破小农经济的旧观念，立于市场，大力发展以建材、冶金、采掘为主的县、乡企业，永登县才能摆脱贫穷。而沿海经济实力雄厚，永登却财力有限，经济薄弱，只有打破闭关自守的现状，全方位开放开发，才能充分利用地方资源优势。县委、县政府又依据永登地处丝绸之路要道，是兰州的屏障、河西走廊之门户这一特殊地理位置，确立了"五区一廊、一线三个点"的经济发展战略，划出苦水、城关、中武、连海、秦川等地为开发区。在 312 国道线上从苦水周家庄到武胜驿富强堡长达 90 公里的川水地带划为科技长廊。"三个点"是以沿海友好县区城市为一点，设立经济窗口，开辟市场，引进开发；以兰州宁卧庄高新技术开发区为一点，接受城市辐射；以新疆、独联体及东欧市场为一点，逐步向国际市场渗透，使全县经济形成东进西出的发展态势。为了加速开发，县委、县政府制定了发展规划和一系列优惠政策，改善投资环境，吸引国内外客商、厂家来投资、联办、合作、独资经营。县上还给予开发区在计划、财务、工商、劳动人事、土地、项目审批等方面行使县级权力，变"管、卡、压"为"放、帮、促"。截至今年 6 月底，全县乡镇企业已引进资金 1720 万元，引进技术 27 项，引进各类技术管理人才 43 人，新上项目 31 个，寻求新的联营伙伴 57 家。到目前为止，全县已新上项目 179 个。

转变各级政府职能，敢闯、敢冒，为搞好市场经济服务。1991 年下半年，县委、县政府打破旧的组织形式，组建了经委。在人员组成上不拘一格选人才，启用了在改革创业中有突出贡献的 3 位企业家。同时，县上给经委创造了搞活经济的必要条件：拨给每人一笔公关活动经费，让他们走出去捕捉市场经济信息；服务于县、乡企业。县乡镇企业管理局以搞活乡镇企业求发展为宗旨，变坐等上门为走出去服务，采取现场办公，在立项和执照审批、办理等方面简化手续。为使产品尽快销售出去，该局还成立了一个服务公司，专门为各乡镇企业产成品联系火车皮等事务。财务、税务、金融等部门积极为企业出谋划策，筹措资金，提供信息，推销产品，涵养财源。县委、县政府为调动一切能人的积极性，提出引进 30 万元资金可解决一个"农转非"子女，目前县上正在核实兑现。1991 年下半年，县上给十几名在发展乡镇企业服务中有突出贡献的人，各解决了一名子女的"农转非"问题。今年 6 月 9 日，在永登无锡发酵甘油厂开工典礼大会上，县上对引进资金有功的人当场奖资 5 万元。通过兑现奖励，充分调动了一切能人志士为创办企业、开辟市场出谋划策的积极性。

以市场为导向，以销促产，以产促销，发展工农业生产。今年以来，永登县以市场为导向，把着眼点放在新产品的开发上，走一厂多品的路子，发展市场急需的短平快项目，增强了在市场上的竞争力。新上康佳美卫生巾生产线目前已批量生产，产品投放市场供不应求，可创年产值 15.6 万元；县铁合金厂走"一厂多品"的路子，该厂的硫酸铜线正在加紧建设中。县铁合金二厂的无机玻璃钢浴盆已试制成功并已投放市场，高光冷瓷系列产品正在试产之中。县水泥厂与应力

预制楼板和交通水泥厂格尔木粉磨车间已建成投产。年产3000吨硫化异丁烯项目已和盐化达成联营合同，今年7月已破土动工。年产800吨的无锡发酵甘油厂已于今年6月破土动工。乡镇企业的新产品玫瑰露酒、彩色水泥、冰晶石、人造无机岗岩、防水油毡等市场紧俏品，有的已投产，有的正在建设中。

根据近年来建材市场被看好的信息，县委、县政府对县、乡老企业进行挖潜改造，使之增产增值提高经济效益。今年，县国营工交企业5家17项技术改造已完成8项，全部完成可新增产值120.25万元，新增利税217.8万元。乡镇企业11项技术项目已完成7项，全部完成可新增产值640万元，新增利税80万元。如，县交通水利厂经过两次扩径改造，台时产量由原来的5.49吨提高到6.87吨，增产水泥1.5万吨，节电61万千瓦小时，节标煤59吨，两项技术可节约资金15万元，增产水泥创利29万元。

在农业方面，走高产优质高效立体农业的路子，把农业推向市场。目前，县上共建科技示范乡4个，示范村69个，示范户4150个，试验示范面积达4032亩。其中，在90公里长的科技长廊上，建立科技示范村30个，科技示范户3000多户，发展了玫瑰、林果、虹鳟鱼、精细蔬菜、庭院经济立体农业；在能源开发，粮、草、牧综合开发方面已取得了显著的经济效益。在苦水乡大路村，年收入过万元的农户已占全村的30%，万元户王玉堂老汉家彩电、洗衣机、电话一应俱全，日子过得很红火。

实践表明，永登县立足市场搞开发、发展经济的路充满生机与活力。纵看今日之永登，到处呈现出一派生机勃勃、欣欣向荣的景象。

载甘肃省发展研究中心刊物《发展》1992年第6期

不尽活水滚滚来
——永登县改革开放纪实

"问渠那得清如许，为有源头活水来。"改革开放的大潮给永登县带来了深刻变化。无论是县城，还是乡镇、工矿，干部群众谈改革，话开放，真抓实干，令人耳目一新。

邓小平南方谈话之后，县委、县政府在听取群众意见的基础上，经过反复论证，确立了振兴永登经济的"五区一长廊、一线三个点"的战略。即建立苦水、中武、连海、秦川、城关5个开发区；从苦水周家庄到武胜驿富强堡建起90公里长的农业科技密集带；以亚欧大陆桥为一线，以沿海友好县区城市为一点、以兰州宁卧庄高新技术开发区为一点、以新疆及欧洲市场为一点，实行东进西出战略。同时，制定了4年规划。

为了吸引省内外各界人士到永登县投资办企业，县上制定了一系列优惠政策。县委、县政府先后在城关、红城召开了经济开发动员会，在兰州西固区召开了"开发小区经济信息联合发布会"，使开发信息和优惠政策很快通过电视、广播、报纸传遍大江南北，吸引了成百上千的客商前来洽谈项目。截至目前，全县已引进资金4.68亿元，引进项目173项。还有不少项目正在洽谈落实之中。

永登县有丰富的资源。据勘测，约有2.9亿吨石灰石、3.1亿吨石英石、1.3亿吨煤、1674万吨石膏石有待开发，还有驰名省内外的玫瑰、虹鳟鱼，林果业也有很好的发展前景。今年初，县委、县政府的决策者们抓住市场机遇，决定建立开发区，大力发展以建材、冶金、渔业、林果、食品加工为主的地方工业，变资源优势为商品优势。

经研究，他们决定在苦水开发区重点发展机械、冶金、

化工和玫瑰、果品加工业；连海开发区重点发展硅铁、化工系列；秦川开发区以发展高产优质高效农业为主；城关开发区重点发展高科技产业，在县城南北街新辟一条商业大街，发展第三产业；在中武开发区发展集商业、饮食、文化等为一体的"千里河西一条街"。目前，各开发区正在加紧建设。在采访中，我们参观了连海、中武、苦水、城关等4个开发区，只见区内公路、铁路纵横交错，车辆穿梭；建设工地上机声隆隆，一派繁忙景象。5个开发区已出现了不少乡镇企业、村办企业，还有个体联办企业。仅连海开发区的河桥镇已建成16个企业，有14个正在建设中；中武开发区的中堡镇，已有17个企业基本建成投产，在建的还有7个。

改革开放不仅改变了永登县广大干部群众的思想观念，而且也推动了干部作风的转变，出现了全县上下齐奏改革曲的喜人景象。县委、县政府着手转变职能，于去年底打破旧的组织形式，不拘一格启用了3位有突出贡献的企业家，成立了由7名成员组成的经委，为全县经济开发做了前期准备工作。今年一开始，经委成员就走南闯北，为全县经济开发捕捉信息，洽谈引进项目。县上各主管部门也积极为基层搞好服务，县乡镇企业管理局走出去现场办公。该局的开发部、信息部积极为乡镇企业出谋划策、提供信息、筹措资金；供销公司帮助30多家水泥厂、40多家石膏厂销售货物200万吨。

在河桥镇，镇领导根据工作需要，统筹安排工作，抽出7人抓经济开发。城关镇北街村56岁的党支部书记吴振海，带病去西安、上北京托亲靠友引进技术、引进人才。目前，北街村已建成建材公司、碳化硅厂等8个企业。

永登在前进。全县广大干部群众正意气风发，在改革开放中积极进取，开拓美好的明天！

邹杰与实习生张连航合作完成

载《甘肃日报》1992年11月11日一版

好神气的三轮车

　　一辆辆装有大红、金黄遮阳棚，垂吊着鲜艳门帘的靠背式三轮车，这阵子一下火辣辣地出现在兰州街头，成了又能代步，又有娱乐性的交通工具。

　　那日笔者经不住这小巧、别致的三轮车的诱惑，也试坐了一次。我从火车东站坐上一位老伯的三轮车，沿天水路到滨河路。还真不错，坐在沙发式的车座上平稳而舒适。沿途我边观光，边和老车夫聊天。

　　"老伯，你蹬三轮车多长时间了？"我问。

　　"有半年多了。丝路节前才又花750元买了这辆新车。退下来在家闷得慌，出来蹬车既可以活动筋骨，减少和老伴的口角，又可挣几个烟钱。"老车夫轻快地回答道。

　　"你一天能拉多少顾客，能挣多少钱？"

　　"一天少则跑三四趟，多则四五趟。钱多少不一，但平均一月下来也能挣个300多元。"他实打实地告诉我。

　　他还介绍说，很多外地来兰州办事的人都爱坐三轮车，因为蹬车的人熟门熟路，而且三轮车钻街串巷灵活，说停就停，说走就走，很方便顾客。兰州人也喜欢坐三轮车，不少大学生、年轻的情侣，甚至有些人丝路节期间全家夜间看灯、游玩都坐三轮车。"嗨，那些天生意很红火，价钱也很随意。"他提高嗓门说。

　　待我下车时，一共坐了公共汽车的5站路，老伯只收了我2元钱，说是对我优惠。告别间又有两位女士上车，老伯掉转车头很快消失在人群里。远远地只见那火红的遮阳棚和飘逸的红门帘闪闪烁烁。

　　返回来在盘旋路我又坐上了一位青年的三轮车，他的车上写有"兰州市三轮车行"的红色大字。他上穿黄色对襟衫，

下着黑裤，足蹬布鞋，腰系红带，显得精神利落，使得过往行人为之驻足。在车上我问青年车夫："你们车行在哪里，有多少人？"

"我们车行在红山根，有 20 个人，全是陇西出来的农村青壮年。一切手续都是经理赵花河给办的，服装也是车行统一做的。"小伙子很爽快地说。

到了滨河路南湖桥头我下了车，年轻车夫只收 1 元钱。他说："你是我下午的第一个客人，对你优惠。按常规我们是一站路收 1 元钱，不分人多人少。"

据悉，目前在兰州已有近 50 辆这样的三轮车穿行在大街小巷。

载《甘肃日报》1992 年 9 月 26 日

金城富裕村
——访兰州市城关区光辉村

兰州市城关区有个光辉村，是近年崛起的富裕村。

6 月初的一天，记者来到光辉村采访。该村地处南昌路，属城郊型农村。在支部书记兼农工商企业总公司经理苏培云的带领下，记者走访了几家农户。在残疾人魏庆中家，只见一间大平房里铺着彩色地板砖，彩电、冰箱、组合音响样样有。小魏说，村上安排他在村办企业当会计，月薪 110 元，年底还能分红。妻子在村上的布料批发市场工作，他和妻子年收入近 4000 元。据了解，村上 10 名残疾人都安排了工作。在 70 岁的刘秀兰家，老人高兴地说，村上每月给她 114 元退休金，她现在吃穿不愁。据苏培云介绍，光辉村从 1989 年开始，实行男女同工同酬的工资制，对年满 60 岁的村民都发给退休金。

光辉村现有 280 户、800 多人，其中 400 多人在村办企业工作，全村人均年纯收入 1890 元，已有 1/3 的农户住进了居民楼。近几年来，光辉村在发展第三产业中走出了富村、富民的路子。到 1992 年，全村拥有 5 个村办企业，年总产值上千万元，固定资产 3800 多万元，流动资金 200 多万元。1992年，光辉农工商企业公司被评为城关区的先进集体，苏培云被评为甘肃省先进乡镇企业家。

在村办公室里，苏培云讲述了光辉村的发展情况。

过去，光辉村地域面积 500 亩，村上只有冰窖、瓦棚厂和牛奶场 3 个小企业，年收入 10 多万元。从 20 世纪 70 年代初起，国家年年向村上征地，土地逐年减少。为解决人多地少的矛盾，从 1980 年到 1983 年，村上依据地理优势，先后投资 200 多万元，建起曙光旅社、光辉停车场和光辉饭店。这 3 个企业共安排劳力 100 多人，每年为村上创收 260 万元。

1989 年，光辉村领导面对村情和兰州市改革开放的形势，决定抓住机遇，发展上档次、上规模的第三产业，抢先占领市场。他们学习外地建设市场、搞活经济的经验，决定投资150 多万元，在平凉路西侧兴建占地 8400 平方米的兰州布料批发市场。苏培云为抢时间，争速度，坐镇工地指挥，动员搬迁 18 户人家，抢在 1990 年 7 月 1 日竣工开业。近两年来，布料批发市场以其辐射面广、吞吐量大而著称于省内外，已吸引了来自南方、西北等省区的 300 多常驻客商。布料批发市场已成为光辉村的龙头产业，年收入 220 多万元，并安排管理、服务人员近 60 名。目前，市场二期扩建 1 万平方米的工程已竣工使用；第三期扩建 1 万平方米的工程正在加紧进行。记者在布料市场看到，各种新潮鞋、不同花色品种的布料等有几千个品种，市场繁荣兴旺，客商云集，购物者如流。据了解，市场旺季日成交额达 100 多万元，今年 1 月至 5 月份成交额已达 2.2 亿元，创利税 270 万元，预测今年成交额将超过去年的 5.3 亿元。

目前，光辉村与香港天扬有限公司合资 1000 多万元兴建

的招商大厦主体工程正在加紧建设，计划今年9月底竣工。

这些年，光辉村在发展第三产业的同时，积极培训合格的实用人才。几年来，村上先后投资10多万元，已培训出10多名管理人才和80多名服务人员。村上还对上高中的学生每人发给300元的补贴，鼓励他们好好学习，将来回村服务。

采访结束时，苏培云告诉记者，他们计划用两年多的时间建造2至3栋村民楼，让村民全部住上楼房，腾出地方发展第三产业。

载《甘肃日报》1993年7月6日二版

太阳梦

春光明媚的五月，我在书画之乡通渭采访中结识了甘肃省科学院自然能源研究所原所长、甘肃格耐用光电公司总经理、中外合资兰州华源太阳能公司董事长王安华专家和他的夫人（全国政协委员、甘肃省政协常委、省妇联副主任）高葆英。回到兰州，身兼数职的王安华在百忙中接受了我的采访。

艰辛跋涉三十载

王安华出生于一家四教授，三个（父亲王文光、弟弟王建华和他）获得国家特殊津贴的科技世家。他1.8米高的个头，戴一副深度近视眼镜。岁月的年轮已在他宽大的前额上刻下了印记，但他目光炯炯，谈吐洒脱，其记忆力尤为惊人。他1958年毕业于西安交通大学电力系，和本校纺织系的高葆英一同分配到湖南。1964年为支援西北建设，他毅然放弃调入北京的机遇，随高葆英从鱼米之乡的长沙来到兰州。三十多年来，王安华的足迹遍及祖国的大江南北，在科研道路上不畏艰辛，其发明创造硕果累累。他前20年从事电气技术工作。在20世纪60年代初，曾为尼泊尔制革制鞋厂设计出良好的公用工程设备。周恩来总理在出访尼泊尔回国后，称赞他的设计创造了我国第一流的水平，组织上为此破格给王安华提升一级工资。1964年，王安华来到兰州后，受命为烧成厂，也就是后来的盐锅峡化工厂设计2500安培的大型硅整流器，在1971年投产时运行正常。

1981年，王安华考到美国科罗拉多州立大学太阳系进修。他一边向导师学习，一边为老板搞实验。经过艰苦努力，终于研究出了令导师和老板惊奇的"热水器性能预示"。美国速拉坎太阳能公司花大价钱买了这一成果，公司副总经理找到王安华说："王先生，您的热水器性能预示对我公司很有价值，希望先生能留在美国，公司愿出6万美元的年薪聘用。"面对高薪，王安华没有动心。一心眷恋着妻子儿女和祖国的王安华，于1983年回绝了速拉坎公司的聘用，回到了兰州。

我问王安华为何弃高薪回国，他不假思索地说："虽然在美国科研和生活条件都优于国内，但我总感到是寄人篱下。我精心研究的'热水器性能预示'只是为老板赚钱，而老板分文不给我，有时还要看老板的脸色。祖国培养了我，我理当回国。"

让山乡挂上"夜明珠"

王安华从1978年调到甘肃省科学院自然能源研究所后，他就和太阳能光电结下了不解之缘。在改革开放中，王安华又把握时机，抓住"恰是我中年逢盛世"的良机，忘我工作，为我国科学事业做出了突出贡献：1984年、1987年、1991年他分别获得优秀科技成果奖、省科技进步奖、国家科技进步奖。1991年成为享受国家特殊津贴的专家。他的名字被收入联合国专家名录。1992年美国名人传记研究所还为他颁发了技术精英奖。

1992 年 7 月，美国太阳能照明基金总裁威廉姆斯先生应王安华之邀来到中国，在王安华、毛荫秋及甘肃省有关部门的人员陪同下，对甘肃临夏、甘南、通渭等地进行了为期 8 天的访问和考察。

威廉姆斯了解到，王安华于 1988 年争取到联合国开发计划处提供的 104 万美元资金，全部用于研究"光电系统统计双匹配法基本思维"，用十余年的心血取得了技术数据，后来又得到兄弟省区有关单位 320 万元人民币的资助，进行深入研究取得了更理想的数据后，十分敬佩。他对王安华靠省计委科技处给的 90 万元经费起家，研究"户用光电装置的中式项目"、创办了格耐用光电公司，生产、推广光电系列产品非常感兴趣。特别是参观了临夏莲花山、陇西史家庙道班等处 5 个小光电装置，看到个个运行正常，他决定在中国寻找光电合作者，而格耐用光电公司的王安华无疑是他的选择对象。就这样，两个不同国籍，不同肤色，但同为发展光电的友人结为了合作者，并选定了通渭县徐川乡马家岔村为户用光电试验示范村。

1993 年 5 月 6 日，威廉姆斯先生从美国赶到马家岔村，参加了马家岔村光电试验示范成功的庆祝剪彩仪式。用户无比兴奋地说："入夜，我们的小村格外引人注目，电灯亮了，电视机唱了。从不知道天安门啥样子的村民围坐在电视机前看到了天安门。"为感谢威廉姆斯先生，用户将两个精编手提包送给了他；他们还向 6 次进村的王安华和公司全体人员赠送了"发展光电造福于人民"的锦旗。

入夜，王安华陪同威廉姆斯先生来到马家岔村现场验收。当威廉姆斯在光电用户家看到 8 瓦的日光灯通明，电视机图像清晰，音色效果很好时，他举起照相机为用户拍照，并高兴地说："OK! 今晚我可以睡个好觉了。"同时，他对王安华专家说："你们的光电技术和发展中国式户用光电的做法值得在世界上发展中国家推广。"

为了这个"太阳梦",王安华在省政协、省扶贫办等有关部支持下,发起组织了甘肃太阳光电照明基金会。5月12日,威廉姆斯先生与中方达成协议,决定首先在定西7个县推广1000套户用太阳电源的示范项目,美国SELF将为此项目提供75%的经费。这个项目指定由王安华所在的格耐用光电公司具体实施。

载《甘肃日报》1993年8月14日"周末版"

金城市郊四季青
——兰州市菜篮子工程建设见闻

仲秋时节,记者来到兰州市城关区雁滩乡北面滩的高效节能日光温室,只见油绿的番茄花朵挂满枝头,水灵灵的黄瓜十分诱人。4间占地7.5亩的高效节能日光温室,是今年8月由省民建和稻香村瓜子厂合股投资16万元兴建的。这种温室在冬天利用日光生产新鲜蔬菜,室内最高温度达30℃,最低10℃,亩产黄瓜可达5000公斤。

据介绍,兰州市去年以来已建设这样的高效节能日光温室200多亩。这是兰州市实施"菜篮子工程"建设的一个缩影。

兰州市消费人口多达160万人,其中本市人口达138万,流动人口22万。为了丰富市民的菜篮子,兰州市委、市政府加快"菜篮子工程"建设步伐,使近、中、远郊3个梯次的蔬菜生产基地布局逐步合理。现已基本形成了规模为10万亩的商品菜生产基地,年产商品菜4亿公斤以上,从总量上看基本可以满足市场需求。但随着城乡居民生活水平的提高,对精细菜特别是越冬蔬菜质量的要求越来越高。仅每年冬春季节就需从南方等地调运蔬菜上亿斤。同时,由于城市建设和对外经济开放的需要,兰州近郊近年将有1万亩老菜地退

出，减少早春菜产量 5000 万公斤左右，蔬菜上市期推迟、淡季相应延长的情况还将持续。

为此，兰州市委、市政府在实施"菜篮子工程"建设中，主攻淡季，调整结构，增加品种，以实现均衡上市，满足不同消费者的需求。各区、县积极贯彻"退一还三"的战略目标，即在近郊退出 1 万亩老菜地，在七里河区、西固区、皋兰县和榆中县新开发 3 万亩菜地，其中皋兰、榆中将建成 2.3 万亩的无公害、无污染的商品菜基地。与此同时，针对淡季供求矛盾突出的问题，兰州市在蔬菜生产中重点实施高效节能日光温室为主的"日光工程"，计划在 5 年内新建高效节能日光温室 5000 亩，建成全省最大的深冬早春蔬菜生产基地，以解决深冬早春蔬菜供应问题。

在榆中县和平乡，乡领导告诉记者，去年市农牧局帮助乡上发展起 19 个高效节能日光温室，种植的黄瓜和西红柿冬春上市后，取得了显著的经济效益。今年，村民建日光温室的积极性空前高涨。目前，全乡已建起日光温室近 50 个。榆中县领导充满自信地说，县上将在 5 年内发展菜地 2 万亩，其中发展日光节能温室 500 亩，发展塑料大棚 6000 亩。

为了增加花色品种，大力引进和推广蔬菜良种，兰州市采取民建公助的办法，已在安宁区、七里河区和城关区雁滩乡等地建起工厂化育苗中心 5 处，使全市蔬菜生产走向良种化、规模化。目前，兰州市地产菜已由原来的 25 种增加到 74 种，良种普及率已达 90% 以上。其中，长春密刺黄瓜、"828"黄瓜、苏杭 4 号番茄、大小羊角辣子、荷兰 83 号菜花等 10 多个良种菜已进入千家万户的餐桌，成为各餐馆、饭店的美味佳肴。

纵观兰州市蔬菜生产前景可观，潜力很大。但由于市场千变万化，政府部门对蔬菜种植的宏观调控就显得更为重要，涉农部门的产前、产中和产后服务还应更上一层楼。

载《甘肃日报》1993 年 10 月 6 日一版

百合走俏记

金秋，正是兰州百合收挖、销售和加工的黄金时节。

百合是我省的一大名优特产，主产地在兰州七里河区，据考证这里种植百合已有百年历史。一天，记者首先来到七里河区的百合种植基地西果园乡袁家湾村采访。一进村，只见满山满坡的梯田里种的都是百合，村民们正忙着收挖。那大如盘、小如拳的百合，状似白莲，十分诱人。据介绍，袁家湾村的 200 余户农民都种植百合，面积达 1200 亩。近几年，由于兰州百合走俏国内外市场，该村农民靠种植百合致了富，人均年纯收入达 1500 元。

在区上采访时，记者了解到，七里河区有适宜种植百合的土地 7 万多亩，20 世纪 70 年代种植百合 613 亩，总产量只有 28.5 万公斤。1979 年，七里河区适时调整种植结构，把发展百合生产作为帮助农民脱贫致富的支柱产业来抓。市、区政府从政策、资金、技术等方面对主产乡、村进行扶持。对百合种植基地袁家湾村实行口粮供应，以有偿投资、贴息投资等手段扶持发展百合生产。到 1986 年，全区百合发展到 1.6 万亩，总产量达 496 万公斤，扶持发展了百合专业户 1360 户。当时，不少地方也出现了百合种植热，致使省内市场供需失衡，出现了百合卖难的问题。

面对这种局面，七里河区委、区政府加强了对百合生产的宏观调控、领导和促销工作。区上先后成立了百合产销公司、百合管理局和百合研究所等机构，指导农民生产百合。同时，着手减少百合种植面积。到去年底，全区百合减少到 8175 亩，今年为 9166 亩，总产达 419 万公斤。为了开拓市场，区领导在省内外多次召开现场展销会，以提高兰州百合的知名度。1991 年，香港雅逸公司收购百合 100 吨，使兰州

百合远销香港、新加坡等地。去年,新成立的区百合公司,在京、沪、穗等大城市建立了17家窗口,销售兰州百合;今年,公司又与香港美亚贸易公司在兰交会期间签订200吨鲜百合销售合同。

在促销中,七里河区还放宽政策,扶持发展农民经销队伍。袁家湾村的马培仁,从1986年以来,销往北京的鲜百合共达40多万公斤;沈家岭村的杨文太兄弟3人,已使兰州百合走俏南京市场。随着销售渠道的畅通,如今兰州百合已在香港、上海、武汉、西安、乌鲁木齐等城市打开了市场,并涉足新加坡、菲律宾等国家。

为了帮助农民增收,七里河区供销社和食品厂指导农民加工百合干。截至目前,全区百合加工场点已发展到134处,年烤制百合干850吨。记者在袁家湾村看到,村民袁兆龙兄弟联合6户农民集资入股30万元兴建的百合加工收购站,主体工程已竣工。该加工站建成后,可加工百合干600至900吨,它将进一步促进七里河区百合的发展。

载《甘肃日报》1993年11月16日二版

雁滩涌春潮

12月20日一大早,记者走进兰州市城关区雁滩乡政府大院。

室外寒气袭人,室内暖意浓浓。乡党委书记陈湘清办公室内,乡党委一班人正围在桌前,讨论明年发展乡镇企业的规划。当记者提起正在召开的省第八次党代表大会时,陈湘清告诉记者,19日上午省党代会开幕,全乡近500名党员在各村党支部的组织下,从电视上收看了开幕式的盛况。阎海旺同志代表七届省委向大会作的报告,使全乡党员和干部、群众备受鼓舞。

陈湘清介绍说，雁滩乡在各级党委的正确领导下，近几年来乡镇企业发展十分迅速。今年乡镇企业产值达到了 1.8 亿元，农民人均纯收入达到 1290 元，比去年净增 110 元。张苏滩村、滩尖子村、大雁滩村发挥地处城郊的优势，依托兰州宁卧庄高新技术开发区，围绕发展第三产业大力兴办乡镇企业，取得了十分喜人的成绩。阎海旺同志报告中提出继续把乡镇企业摆在经济发展的主体地位，为我们明年大办乡镇企业鼓了劲。

乡长李春云接过话头说，雁滩乡明年发展第三产业的重点，是搞好粮油、蔬菜、家具、建材、机动车零配件和机电产品等 6 大专业市场的建设。同时，要抓紧雁滩工业城一期工程的建设，提早"三通一平"，搞好招商工作。乡镇企业明年要有大的发展，总产值要在今年 1.8 亿元的基础上达到 2.6 亿元。30% 的乡镇企业，明年要改制为股份合作制企业。

当结束采访离开雁滩乡，记者为雁滩乡的发展前景所鼓舞，感受到一股春潮正在黄河两岸涌动……

载《甘肃日报》1993 年 12 月 21 日二版

漫谈市场艺术

笔者写这个题目，主要是受童年一个难忘的场景所诱发。

家乡江南，春节的乡村集市热闹非凡。哥哥带我去赶集，在卖甘蔗的地摊处，只见众人围着一个吆喝的卖主，挤到人群中，见卖主指着一根立于地的甘蔗说："谁能一刀劈开它，我分文不取，归他；若劈不开，只得对不住乡亲了，拿钱买走。"我哥从人群中站出，拿起卖主光亮的小弯刀，瞄准那根甘蔗，只听得"咔嚓"一声响，甘蔗已劈开倒地了。众人欢

叫:"好,再来一根!"一连几次,我哥都刀劈甘蔗成功,得了一大堆甘蔗,使我一饱口福。别人见状,也上去一试,但大都败下阵来,只好掏钱买走。不一会儿,那个卖主的一大捆甘蔗全卖光了。现在想来,这也就是卖家的推销艺术吧。

笔者由推销艺术联想到市场艺术。市场艺术与舞台艺术、广告艺术一样重要,不可忽视。在生活中,只要有市场,就会有市场艺术。何谓市场艺术?愚以为它应包括市场人文景观艺术、市场商品艺术和市场推销语言艺术……

市场人文景观艺术,在商品社会显得格外重要。就一个市场、一条商业街、一个商店、一家餐馆而言,它们的门面设计、色调、装潢以及门匾、对联无不带有浓郁的人文景观艺术的特色。酒店有酒店的风采,饭馆有饭馆的特色。

商品艺术,包括商品本身的形色、外观和质量,也包括其商品的装潢艺术等。一位同仁遇见酒泉的地方官,说是那里盛产可口的苹果梨,但仅因外观不美,在北京市场不走俏。但倘若让顾客先尝后买,其销售又不同。凡是品尝过这种苹果梨的人都会称其水质优于苹果,甜于梨,它与山东莱阳的雪梨相比毫不逊色。据了解,兰州市七里河的兰州百合干,由于还停留于粗加工包装水平上,卖价每公斤在10元上浮动,而港商将此百合干经过精选分等级包装,又在包装艺术方面下功夫,每公斤百合干(上等)在香港卖60元左右。足见,商品艺术的重要了。

再说市场推销语言艺术,它在商品市场中占举足轻重的作用。当你步入市场,如果卖家面带微笑,语言讲究文雅亲切,对不同年龄、不同身份的顾客用不同语言,定会赢得顾客的好感。"顾客是上帝",谁赢得了顾客,谁就赢得了市场,其道理即在于此。倘若遇到顾客光临,过分的热情或纠缠,都会令人生厌;或是顾客问上几遍,挑选几次就不乐意,动辄骂人,甚至抬手打人,其情其景可想而知。纵观兰州市场,仍有不尊重顾客,打骂顾客的现象。这些人实在缺乏推

销商品的语言艺术。

在今天，不仅需要文明有序的市场经济，也需要有与此关乎于国情、民情和具有地方特色的市场艺术。

载《甘肃日报》1993 年 12 月 18 日"周末版"

华夏历史第一村

夏末初秋，我在古城西安东郊，风光秀丽的浐河之畔、白鹿原下，饱览了华夏历史第一村——半坡母系氏族村的风情和文化场景。

半坡母系氏族村紧邻闻名中外的半坡村遗址大厅，占地3.3 万平方米。这个再现半坡人文化、生活的复原村是由香港新勇投资有限公司与西安半坡博物馆合作投资建成，于今年 6 月正式开放的。它是国内第一座表现人类母系氏族社会、荟萃黄河流域史前艺术、民俗风情和民居田园于一体的大型旅游娱乐场所。

穿过用红色黏土塑造的侧卧无头女身巨型村门，经迷人的时光通道，我们一群不同肤色的游客就从 20 世纪 90 年代跨进通向母系氏族的森林古途，进入半坡母系氏族村。在这里，我们舒心地体验到 6000 年前远古人的生活。据随行的导游介绍，游客在复原村落里，仅几步之遥，一日之内，就可满足仿古猎奇，还可随时欣赏反映半坡先民生产、生活和爱情的庆典祭祀节目。

在复原村里，数十座大小不等的仿半坡人茅屋极为奇特，多为木、竹构建而成。在村里，游客们随时可遇见穿着仿古"兽衣""树皮"的善男信女。在狩猎白鹿原，我拿起粗糙的"古弓箭"，小试力气；在茅屋里，和游人尽兴地抚弄在木柱上的"半坡人"的竹编、陶器。当我们进入中心大房子，只

见100多平方米的圆形大厅中，十几根木柱上倒挂的牛头骨灯，灯光忽明忽暗。游客们围坐于木凳木桌旁，随着哀婉的古典乐曲，身着半坡人衣裤的一对青年男女，以芭蕾舞的旋律跳起了跌宕起伏的"男女对赞"爱情舞。之后，狂欢的古代"迪斯科"舞又紧紧慑住游客的心，让人心旷神怡，畅想无穷。为满足游客的兴趣，在中心大房子里，每过1小时，就会再次表演一番。

徜徉于复原氏族村，伴随着古幽深沉的陶埙之乐，我们从"歌舞升平"中来到打斗房。众游客围坐在竹、木长廊茶座上，导游请出两位体魄健壮的"半坡妇女"。这两位女斗士在打斗场上进行了精彩的轮番打斗角逐。几个回合下来，其中一个斗士才被击倒在打斗场上，游客们对她们的表演喝彩不已。离开打斗场，我又游览了母腹洞穴、陶山古韵、娱乐商品城等多处景观。可惜，在匆忙中，未能品尝别具特色的半坡景宴、猎宴和野味快餐，也未能留宿半坡村，无法欣赏和加入到古朴粗犷、隆重吉祥又充满野趣的"半坡之夜"大型庆典祭祀活动中。

载《甘肃日报》1994年9月17日七版

民办高校展奇葩

每年，全国有数百万高中毕业生角逐高考考场，可谓千军万马拥向"独木桥"，强者能安然通过，弱者只能挤下水中。这90%之众的高中毕业生流向何处？这是一个复杂的社会问题。

高考落榜，无疑给这些青年学生带来了无尽的苦闷、烦恼，也给他们的父母造成巨大的压力和负担。然而，在西安有所民办高校——西安翻译培训学院，在数年中已吸纳了上万名具有外语特长的高考落榜生，为他们创造了继续深造的良好环境。这所民办高校已成为我国首家全封闭公寓式全日制高校。它正以其独特的校风和培养复合型翻译实用人才而闻名中外。

金秋，古城西安依然热浪滚滚，近2000名新生从祖国各地来到西安翻译培训学院求学。常务副院长丁祖诒和60多名教工像慈母一样接待着这些远道而来的学生。我也慕名到这所学院，在沣镐路102号一间简朴的房间里采访了丁祖诒院长。丁院长年近花甲之年，印堂饱满，目光炯炯，严厉中伴着慈祥。西安熟知他的人称他为"新武训"。随同的陕西省主管教育的负责人孙武学说："丁院长为了办学，不顾全家三代人的反对，在1987年扔掉了'铁饭碗'，放弃了高校外语教研室主任的职务和即将到手的三室一厅新房，在国家没有给一分钱，又无社会赞助的情况下，创办了这所学校，的确了不起。"问丁院长是如何办学的？他不假思索地娓娓道来：当年办学，仅靠借贷来的几百元开办费，租赁一个教室，有二三百名业余制学员。后来，在省教委的支持下，经过不懈努力，到1993年学院就从一个教室发展为拥有3000多子弟（住校生2000人）的全日制公寓式民办高校。学院已拥有3栋约6000平方米的独立校舍，装置了供60多个班使用、价值20万元的现代教室设备；投资50万元建起有线听音室、摄录像室、语音实验室，还有传真、编印等系统，学院积累的直接为教学服务的校产达500余万元。当年10月，学院为满足全国4000多考生要求，用460万元一举买下了西安国有第一钟表机械厂200亩场地、6万平方米建筑面积的国有资产。如今，学院的新址就坐落在长安县（今长安区）风景秀美的翠华山下、太乙河畔。学院已成为陕西省规模最大、享有对外国人开放权和国家高等学历认定考试权的民办高校。

丁院长说，我办学突出一个"严"字，对自己严，对教职员工严，对学生要求严。至今，丁院长的工资才相当于一

个处级干部的工资。他和教职员工管好用好学校的经费,主要用于建设学校,服务于学生的学习,而他们的生活却很清贫。对学生的严,可说有点苛刻。"一不准学生上课迟到早退;二不准学生谈恋爱,男女宿舍不准串门;三不准抽烟。"若谁要破格,那先是教育,再是当众写检查,如若还不听就要开除。丁院长说一不二,学生们都有些怕他。这个民办学院几年来学风好,学生早读晚自习都在教室,课余饭后学院的"英语角"成了学生们交流学习经验、练习口语的最好场所。

改革开放给这所民办高校带来了勃勃生机。学院以市场为导向,在大专外语基础上增设国际贸易、市场营销、计算机应用并辅以打字、微机、函电和公关等技能的训练,有效地保证了学生的质量,培养出上万名社会所需的一专多能的实用人才。在几年中,已有数百名学生留学或劳务海外,有100多名学子自费赴吉尔吉斯斯坦深造,数千名毕业生被旅行社、宾馆、三资企业争相聘用。国际喜来登大酒店美方总经理和奥方总监数次到学院索聘,先后聘用近50名学员。美国杜克大学每年还为学院毕业生提供1名全额(4.4万美元)奖学金赴美攻读学士学位。从1992年起,这所民办学院每年在美留学人员达3人。

"山不在高,有仙则名。"近两年,这所学院已冲出三秦,名扬海外。香港《亚太经济》发表《黄土地孕育新星》的报道;《侨声报》将"创建中国'哈佛'的人"的桂冠赠给了西安翻译培训学院。台湾女作家琼瑶到西安,专程访问学院,为学院赠言:"西安翻译学院的同学们,生命中永远有数不尽的挑战,面对挑战,不论是败是胜,总是在人生的旅途上迈了一大步。"

载《甘肃日报》1994年10月15日周末7版

时装与"老来俏"

"老来俏",是某些人对穿着入时的中老年人的—种议论和讥笑。

这种讥笑,笔者前几年曾听到过。记得有一天,三位中年妇女,身着西服裙、旗袍和筒裙在街上行走,有两个骑车人过来竟大声讥笑说:"老来俏……哈哈!"当时我不由得为之愕然。而她们也不示弱,回敬曰:"多管闲事……"

而今,党的十一届三中全会的春风使祖国大地山花烂漫。人们口袋里的钱多了,衣着就一反过去,大有改观。时装的花色各异,款式新颖,品种繁多,令人目不暇接。特别是青年人可以随心所欲地打扮自己,即使款式别致,也不去指手画脚了,而多数中老年人还是不敢越雷池一步,陈旧的式样,灰黑的颜色仍然是他们的常服。如果哪一位穿得入时些,虽说那种骂街声是听不到了,可仍有人在背后说长道短,看不惯,横挑鼻子,竖挑眼,讥笑曰:"老来俏。"

中老年人要不要穿戴和打扮呢?当然要!就像老少都喜欢吃色香味俱佳、美味可口的食品一样,中老年人也需要打扮。"红花要绿叶相扶",人靠衣服来装扮。如果中老年人穿得讲究一些,服装颜色鲜亮一些,一定可以扫除暮气,更显得神采奕奕。我国古代孔夫子说:"君子正其衣冠,尊其瞻视,俨然人望而畏之。"这里的"君子",恐怕多数是指中老年人。中老年人打扮得入时一点,衣冠楚楚,色彩鲜明,又有什么不好?

"爱美之心,人皆有之。"中国再不是鲁迅先生"破帽遮颜过闹市"的时代,青年人要打扮得鲜艳夺目,老年人也要穿戴得美观入时。那些讥笑者,如果你是年轻人,劝你不要"媳妇笑婆婆",须知你也有当婆时!如果是中老年人自笑,

劝你多走走，多看看，不要脑筋不开窍。

试想，中老年人如果不修边幅，衣着不加更新，中年人也会显得未老先衰；老年人则更老态龙钟。在时装的设计和穿着上，中老年人不应是"被遗忘的角落"。暮色更需夕照阳，中老年人打扮得漂亮些，更能焕发青春。而且还能体现时代的风貌，增添时代的生机，为我们的生活添姿添彩。

载《甘肃日报》1995年1月6日四版

再造新"雁滩"
——兰州城关区建设青白石乡蔬菜新基地纪实

初春，记者驱车沿盐石公路东行进入兰州市城关区青白石乡，看到沿黄河近10公里长的河滩川地全部覆盖着塑料大棚，犹如一条白色的飘带蜿蜒起伏在黄河北岸。

区农牧局的徐宗财告诉记者："这是汗水沟、青石湾、杨家湾3个村的农户种植的近1000亩多层塑料大棚早春菜。水萝卜、花缨萝卜、红蛋子、油菜等早春菜，在3月中旬就能上市。"

这只是城关区近两年按照市上"退一还三"战略，在青白石乡建设"菜篮子工程"的一个缩影。

城关区地处兰州市近郊，雁滩乡曾是兰州市的主要"菜园子"。近两年随着兰州市的开发建设，雁滩乡的蔬菜地不断被征用，仅1993年至1994年，全乡净减菜地1300亩，目前仅有蔬菜地6500多亩。按照兰州市城建发展规划，到2000年，雁滩乡将开发为兰州市繁华的商贸中心和高新技术开发区，这里的蔬菜地最多能保留2000亩左右。对此，城关区委、区政府从区情出发，去年初决定再造一个新"雁滩"，用几年时间，在青白石乡建成新的蔬菜基地。从1994年起，每年发展蔬菜地500亩，至2000年发展到6500亩。同时，适当压缩瓜田、粮田面积，增加蔬菜面积，使全乡1995年蔬菜种植面积达到3300亩。

青白石乡是兰州市有名的瓜果之乡。从1989年以来，乡上为使农民增收，十分重视调整农业种植业结构，提出"退川进沟"，削山造田，在沿黄河的川地种菜，在坪台地种果、菜，在山地种粮。这个乡在市、区的扶持下，经过努力，已新造农田3000亩，发展起蔬菜地2800亩，1993年以来又发展了高效节能日光温室45亩。全年可为兰州市提供各类精特细菜1120余万公斤。近年，青白石乡农民靠发展蔬菜致了富，去年人均纯收入达1540元，比1993年增收289元。

为了在青白石乡建设蔬菜新基地，城关区工厂化育苗中心，每年可为菜农提供50余万株苗种，使全区早春、秋延后和深冬蔬菜种植面积达4000亩，产量达600万公斤。

在青白石乡上坪村，占地25亩的高效节能日光温室一座紧连一座，我们走进一座温室，室内油菜鲜嫩滴翠，不日可上市。主人告诉记者，他的温室面积有0.7亩，可产鲜菜3000多公斤，年收入可达2000多元。

记者走出热气扑面的温室，极目远眺，心情振奋。一个新的"雁滩"正在这里形成，成为兰州市又一新的"菜园子"。

载《甘肃日报》1995年3月10日一版

我省加快发展渔业　生产潜力大

最近，记者就我省渔业生产的现状和发展前景，走访了省渔业公司，并同水产养殖总场和白银、张掖、永昌等地渔业生产部门的同志进行了广泛交谈。作为我省农业方面"十条龙"之一的渔业生产，经过全省上下10年的努力，已形成

了一定的规模。1994年养殖水面达到28.38万亩,水产总量达6640吨。但由于我省渔业生产起步晚,资金投入、科技水平跟不上,人均占有水产量不足1公斤,和全国人均占有17公斤相比,差距还很大。

说到发展渔业生产,人们往往认为甘肃干旱多灾,大部分地区缺水,发展粮食生产都困难,哪有潜力加快发展渔业生产。这实际上是一种误解。同南方省区相比,我省虽然没有纵横交错的水网,但水资源优势独特。全省东西跨度长,地域宽广,温差较大,不仅有冷水资源,还有热水资源。味道鲜美,肉多刺少,被称为"动物人参的虹鳟鱼"就需要冷水养殖。在我省永登、永昌等地虹鳟鱼养殖已成规模,全省总养殖水面达215亩,产量555吨,占全国总量的一半,成为我省特有的"拳头"产品。全省还有较丰富的冷水资源没有开发利用,应进一步增加虹鳟鱼的养殖水面,扩大生产规模,占领国内外市场。

我省通渭、武山等地的9处天然温泉资源,可开发利用发展热水鱼养殖。国外各种罗非鱼,就喜热水,目前已在兰州西固热电厂和玉门等地引种成功,将为全省热水养殖罗非鱼等温热带鱼提供经验,还可改变"南苗北调"的现状。

我省黄河、洮河、渭河沿岸有大量的低洼、滩涂闲置荒地和刘家峡、盐锅峡等30多万亩水库水面没有充分、合理地利用;全省3万多亩池塘、1万多亩塘坝,也可在农闲的深秋和冬季合理利用,发展渔业生产。此外,河西走廊腹地还有适宜养鱼的盐碱、沼泽地。

近几年,随着人民生活水平的提高,消费结构的改变,兰州等大中城市对鲜活鱼的需求量逐年增大,为我省发展渔业带来了与南方冷冻鱼竞争的极好机遇。同时,国内外市场对具有较高营养和药用价值的甲鱼需求量也很旺,而我省的文县、灵台有着得天独厚的发展甲鱼等名特水产品的优势。我省近两年已先后在灵台和文县建起两个种鳖场基地,为甲

鱼的人工养殖提供了成功的经验。灵台县甲鱼养殖已向集团化方向发展，年出售成鳖达 14 吨。抓住市场对名特水产品的需求，因地制宜，在有条件的地方发展名特水产品，将对提高我省渔业经济效益，增加渔业生产部门和养鱼专业户的收入起到不可估量的作用。

到 20 世纪末，我省计划养殖水面发展到 29.6 万亩，水产总量达到 1.2 万吨，人均占有量达到 4 公斤。目前，我省渔业生产已由单一的农业部门发展到企事业单位和 5600 多专业农户，这就为实现上述目标奠定了一定的基础。只要全省各级党政部门高度重视渔业生产，合理调整产业结构，增加投入，扩大养殖水面，渔业部门强化科技服务，推广和应用实用养殖技术，并对现有的渔场和养殖水面进行挖潜改造，努力提高单产，实现水产总量翻番是有保证的。

载《甘肃日报》1995 年 4 月 12 日二版

广普新知连万家

4 月 17 日，颇具知名度的新知书店，重返故地兰州市东方红广场东口原址，这是新老读者广为关注的又一热门话题。

日前，笔者走进重新装饰一新的新知书店，只见进店购书、翻看新书的读者接踵而至。书架上陈列了文学、艺术、经济和中外经典著作等社科类图书，品种齐全，名目繁多，令读者目不暇接。一个正在文艺类书架上找书的中年读者喜形于色地对笔者说："过去，我是这个书店的老读者，常来随便翻阅，买些有收藏价值的书。去年秋，书店搬迁，我很有些恋恋不舍。如今，书店又重返这里，不仅方便了周围广大的群众，也使我如愿以偿了。"

书店代理负责人钟女士在回答笔者"何以搬迁"的问题

时，拿出 4 月 22 日某晚报文章说，报载我店去年搬迁是因为"房租太贵，难以承受"，其实，真正的原因并非如此。当时，电子游戏机风靡兰州市街头巷尾，在东方红广场东口一个紧邻一个，上下左右的"娱乐城"把新知书店包围其中，一些打游戏机输光了的青年时常入店行窃。一次，一个顾客在翻看书目时，一眨眼的工夫，随身携带的几千元钱就被小偷窃走。我们目睹热心的顾客遭此不幸，也十分尴尬。同时，书店的新书也常常被偷。在这种多方骚扰的情况下，书店营业部才被迫搬迁到武都路 112 号。

新知书店一年轻的服务员小孟深有感触地说，具有赌博性、以暴利为目的的电子游戏机娱乐城，对青少年毒害不浅，也破坏了正常的社会秩序，早就该取缔。他说，他的一个朋友，去年刚发了一个月的工资，就到书店旁的娱乐城玩游戏机，不想只有几分钟时间，一个月的工资全被游戏机"吃光"了。还有的青年把随身带的钱输光不说，还把所骑的自行车也抵押上了。有一件令人痛心的事令小孟至今记忆犹新。他亲眼看见一个当爸爸的青年，带着一个小女孩到"娱乐城"玩。当他玩得入了迷时，小女孩一个人跑出去玩，被人领走，他只得四处寻找。这就是玩电子游戏机造成的悲欢离合。

今年春，兰州市政府按国家整顿文化市场的要求，一举取缔了近几年走火兰州市的电子游戏机娱乐城等设施。这实是顺民心，是拯救青少年的大快人心之事。

目前，新知书店以其别具特色的书目和销售方式（从 5 月 15 日起至儿童节优惠售书），顺应文化市场整顿之良机，重返文化氛围浓厚的黄金地带——东方红广场，将为兰州市新老读者带来无可估量的精神食粮。如书店在开业那天打出的两条条幅所言："重返故地操旧业，广普新知连万家。"

载《甘肃工商报》1995 年 5 月 27 日

塞外绿洲——野麻湾

素有塞外江南美称的敦煌市南湖乡，以其历史悠久的古阳关遗址，清澈的汉"渥洼池"和寿昌城遗址等名胜古迹吸引着中外游客旅游观光。新近，笔者采访了鲜为普通游客所知的南湖天然绿洲野麻湾。

走进紧连古阳关脚下的野麻湾，一望无垠的绿莹莹的湖面，满目苍翠的沙生植物，令我们惊奇不已。沿蜿蜒曲折的湖边走，水面上一丛又一丛的芦苇、止血草随风起舞，笑迎游人。穿越起伏的沙丘，不时惊动野鸭飞起。在曲径通幽的大面积沙丘之间，小溪潺潺，野生红柳与胡杨，野麻草、骆驼草、甘草等沙生植物随风此起彼伏，格外壮观。

野麻湾山、水、草、树自成天然。它北靠墩墩沙山，南接农田，东连红柳林，西临戈壁滩。总面积1020亩，其中有长900多米，宽80米的湖面120亩，还有草地750亩。这里极有开发游览观光的价值。近几年富裕起来的南湖乡人，决定投资开发野麻湾为风景旅游区。据乡干部介绍，乡上今年已投资10多万元，购进两只游船。村民利用天然红沙石从东到西修出了一条南阳小道，停车场也正在修建，不日可接待各路游人。节假日，敦煌市已有不少个人和单位到野麻湾游玩，或钓鱼，或沙浴。

野麻湾，真是一块神秘而极有魅力的沙漠绿洲。

载《甘肃日报》1995年8月30日七版

值得学习的"雄心"

今年春天,中美合资兰州中良西服有限公司董事长季中良考察了全国服装行情后,发现我国服装市场的需求量仍很旺,但他在兴奋之余又自叹本公司的中良西服无论在面料的花色品种上,还是在款式方面远不能与国内外名牌西服争高下。为此,季中良到兰州后,从6月20日开始停产半月对公司全员进行整顿,响亮地提出一抓质量,二抓管理,三抓销售,并计划于明年扩建西服厂,上48条生产线,决心创出中国的"皮尔·卡丹"。

中良西服有限公司这种不甘人后,不满足于现状的拼搏进取精神和力创世界名牌的雄心,值得所有企业尤其值得目前尚处于艰难处境的企业学习。

目前,一些企业在遇到资金、技术和产品无销路等问题时,有的束手无策,有的仰天长叹,或盲目转产,结果路越走越窄。一个企业如何才能在激烈的市场竞争中走出困境,有所发展呢?笔者以为,就得像中良西服有限公司那样,随时考察市场需求,了解供需信息,把握市场"脉搏",不断调整自己,既看到自身的优势,又要找出产品在市场竞争中的致命弱点,不断调整自己,并以积极进取的态度大胆引进人才、技术,强化管理,狠抓质量,创出自己的拳头名牌产品来。

说到底,一个企业要在激烈的市场竞争中立于不败之地并不断发展,就得不断地适应市场,用自己的产品去占领市场。要想做到这一点,创名牌的"雄心"很关键。

南湖葡萄水灵灵

8月1日，骄阳似火。在位于塔克拉玛干大沙漠边缘的敦煌市南湖乡，绿树环绕的葡萄园里挂满水灵灵的"马奶子"，乡政府门前沿公路已建成一条"葡萄长廊"，株株葡萄争先攀缘而上，蔚为壮观。

说起南湖乡种植葡萄的历史，乡长李明娓娓道来。南湖乡光照、水源充足，种植葡萄的条件得天独厚。20 世纪80 年代初期，乡上动员农户从新疆引进良种葡萄进行种植，在甘农大教授们的指导下，农民学科学、用科学，不断改进种植技术，现在全乡的葡萄种植已成规模，葡萄园已实行园林化管理。去年，全乡葡萄种植已实现户均1 亩，人均葡萄收入达 600 元。最边远的二墩村 50 多户农民，种植葡萄 600 多亩，户均 10 亩。去年，村里晾晒葡萄干 8 万公斤，鲜葡萄 40 万公斤，总产值 148 万元，上缴农林特产税 2 万元。这个村农民人均纯收入 2000 元，其中仅葡萄收入人均达 1600 元，成为全乡首富村。

今年，南湖乡葡萄种植面积 3400 多亩，已有 1100 多亩挂果。我们参观了几处葡萄园，藤架上挂满水灵灵的葡萄，十分诱人。李明告诉我们，近年乡上依靠科技，购进上海产的"920 农作物生产调节剂"，将葡萄亩产量控制在 2500 公斤至 3000 公斤左右。这样，葡萄含糖高，含水少，质量好。预计今年南湖葡萄总产量可达 300 万公斤，又将是一个丰收年。

邹杰与柴金明合作完成
载《甘肃日报》1995 年 9 月 9 日二版

金张掖盛开科技花
——张掖市高科技密集区见闻

夏末秋初，记者慕名来到张掖市五乡三区高科技密集区采访。汽车穿越一条条浓荫蔽日的乡村小道，看到星罗棋布的块块带田玉米已扬花挂棒，大片果园硕果累累。工厂化养猪场、养鸡场、千头牛场等养殖场散布在高科技密集区内。这里，粮丰、猪肥、牛壮，生机盎然。

在南郊生态农业示范区，已建成 60 亩无土蔬菜栽培温室，其中1 亩多温室已种出了番茄。助理农艺师周志龙向我们介绍说："这里的番茄生长期短，亩产比日光温室高出 1 倍多。"说着，他打开室内营养池开关，人工配制的多种营养液便很快通过管道流进了一株株番茄根部，令我们大开眼界。

在这个示范区，颇具规模的金圆种猪场吸引了我们。这座投资 600 万元，由甘农大刘孟洲教授设计的种猪场，一期工程已建起标准化猪舍 24 栋。目前猪场已从临泽新华猪场订购种猪 600 头，已购进 120 头。在猪舍，我们看到这些种猪经科学饲养，头头滚瓜溜圆。这座仅用 3 个多月建起的万头种猪场，是张掖市高科技密集区建设的重点工程之一，它将对全市畜牧业发展起到推动作用。

张掖市委书记孙荣乾在接受记者采访时说，建设五乡三区高科技密集区是全市农村经济发展的必然趋势，是市上发展高效农业的试验区、示范区。

今年初，张掖市首选自然条件、农业基础较好的梁家墩、上秦、长安、小满、新墩等五乡及南片生态农业示范区、东片科技畜牧示范区、城郊高新技术蔬菜示范区等三区作为高科技密集区。记者了解到，在建的高科技密集区，以畜牧业为龙头，已带动示范乡村的农户建起 9 个规模较大的仔猪繁育场、12 个千头养牛村；建起日光温室 5180 亩，落实立体栽培面积 7.3 万亩，预计亩收入在 5000 元以上的农田有 1.2 万亩，同时发展滴灌粮田 250 亩。在东片畜牧科技开发区内新建成百万只鸡养殖公司、千头奶牛场各一座。记者在养殖公司看到，耐寒、抗病的亚发鸡，养殖、繁育全部实行工厂化。鸡场年孵鸡 18 万只至 20 万只，年可为农户提供 100 万只种鸡。在示范区，还发展暖棚养羊 5.3 万只，新上了香猪、暖棚甲鱼、成鱼等养殖项目。在梁家墩、小满等乡，蔬菜示范面积达 3.9 万亩，其中精细菜种植 1.7 万亩，已建成 10 个暖棚蔬菜专业村；林果示范区今年新建成千亩果园 18 个，其中名优特果品 1.3 万亩。

目前，张掖市五乡三区高科技密集区不仅本身已显示出较好的经济效益和社会效益，而且还带动了全市高效农业的发展。今年全市地膜、棚膜保护地栽培面积达 14 万亩，占播种面积的 21.6%，立体栽培 2 万亩，高效农田面积 2.4 万亩。同时全市肉鸽、乌骨鸡、乌苏里貉等珍禽动物的饲养量也有很大发展，达 1200 万只。

邹杰与通讯员申世强合作

载《甘肃日报》1995 年 10 月 15 日一版

不负众望
——牟家坪村党支部带领群众致富纪实

11 月 16 日，我们来到兰州市七里河区彭家坪乡牟家坪村采访。首先映入眼帘的是在牟家大山下矗立的一座崭新的二层楼房。陪同我们采访的乡党委书记肖文学介绍说："这是今年夏天竣工的牟家坪村小学教学大楼，是村党支部为群众所办实事之一。该教学楼拥有 8 间教室，1 个图书馆、阅览室，共有标准化房间 14 间。"说到这，肖文学向记者简要介绍了该村的情况，他说，一个村要发展，建好党支部是关键。

　　事实的确如此。牟家坪村前后的变化，就是一个很好的例证。牟家坪村地处城郊，发展经济的条件较好，可是前几年由于村上没有一个坚强团结的党支部和村委会，全村经济发展缓慢，村办企业只有1个，集体经济十分薄弱。为把牟家坪村早日建成小康村，乡党委按照"建好一个支部，选好一个支部书记"的要求，于1993年年底对牟家坪村党支部进行了调整，年富力强的牟相刚被推选为村党支部书记，同时对村委会进行改选，由牟相刚兼村主任。

　　新的村领导班子成立后，牟相刚就带领大家致力于发展经济。支部成员充分发挥主观能动性，利用地处城郊的优势，找项目，跑资金，积极兴办企业。通过一年多的努力，全村集体、个体企业发展到20家，有13家印刷企业，年产值达1000多万元，成为有名的印刷村。乡镇企业的发展，促进了全村经济的发展，去年村民人均纯收入达1465元，较1993年净增209元，今年7月牟家坪村通过了区级小康验收。

　　经济发展了，村党支部又把眼光投向教育。牟相刚说，随着经济的发展，对农民科学文化的要求越来越高，这就要尊师重教，培养有文化的青年后备军。他们决定改建多年失修的村小学。在区、乡两级政府的扶持下，他们动员全村捐资助学，牟相刚等村党支部成员带头人均捐资1000元。经过多方努力，他们共筹集资金31万元，于今年年初动工，仅用半年多的时间，就建成标准化的二层教学大楼，从根本上改善了教学条件。

　　在告别牟家坪村时，牟相刚透露，目前他们已和甘肃省勘测设计院工程公司签订了合同，由双方出资联办兰州万隆构件预制板厂，明年春可望投产。

　　就这样，牟家坪村党支部不负众望，充分发挥战斗堡垒作用，积极带领群众致富奔小康，受到村民们的拥护。

载《甘肃日报》1995年12月4日一版

春到西津坪

——兰州市七里河区西津坪农业综合开发区见闻

3月11日，飞雪迎春。在兰州市七里河区西津坪农业新技术综合开发示范区，一座座日光温室耀眼生辉。当我们停车走进其间，顿感热气扑面，寒意全消。温室里套种的油菜和莲花菜油绿鲜嫩，格外诱人。

这片占地120亩的日光温室，是去年以来由省、市、区政府扶持周家山村20户农民发展起来的，是开发西津坪高灌区的重点项目之一。正在温室劳作的农民陈学虎喜滋滋地告诉记者，他的温室占地5分，是今年初投资5000元建成的。早春油菜上市后已收入4000元，莲花菜过20天就能上市，少说也能卖3000元。

西津坪农业新技术综合开发示范区占地75.46平方公里，可耕地2万亩。区内梁峁纵横，北起晏家坪，南至西果园村，西到大洼山，东达兰郎公路，包括西果园、黄峪两乡的7个行政村，1650户，7700多人。实施西津坪农业新技术综合开发示范，是七里河区委、区政府围绕全区实现小康的总体目标，加快市场农业和扶贫攻坚进程的重要举措。按照五年建设规划，对西津坪海拔1800米以上全部实施6级高扬程提灌，建成稳产高产粮食基地5000亩，建成良种繁育基地1000亩；海拔1800米以下建成优质、高产、高效百合创汇基地5000亩，建成优质商品蔬菜基地1万亩；其中发展日光温室1000亩，建成优质林果基地2000亩，并栽种花椒1000亩，建成奶牛、兔、鸡特种畜禽综合养殖基地1000亩；同时完成荒坡、沟坎造林2600亩，实现对8条荒沟的流域治理。预计，实现上述项目将总投资1000万元。这一总体开发方案，得到了甘肃省、兰州市的首肯和大力支持，示范区建设已于去年全面启动。一年来，省、市、区和农户共在西津坪投入建设

资金 400 万元，完成了农田水利配套设施建设，新修"三田"1100 亩，复垦有效面积500 亩，改善灌溉面积 1.3 万亩，建成基地菜 2000 亩，新发展优质果园 400 亩，改造低产果园 600 亩。同时，建立了西津坪农业技术学校，招收学员 118 名，引进、示范新品种 8 个，示验、示范面积 60 亩。

今年，按照规划，示范区已开始建设 500 亩高新技术示范园。综合开发指挥部决定以股份制方式建设管理示范园，把示范园建成集蔬菜、果林、花卉、珍稀动物和高新农作物于一体的综合示范区，以此带动西津坪的整体开发。

放眼西津坪，一条拓宽的长 14 公里的晏张公路宽阔平坦。农民们开着兰拖车，往返于田间地头运送农家肥，一场繁忙的春耕生产已在这里展开。

展望未来，西津坪会更加春意盎然。

载《甘肃日报》1996 年 4 月 7 日一版

留给子孙一片沃土
——写在第六个土地日

土地是万物生存之本，它以其博大与宽厚的胸怀养育着所有的生灵，承载着人类的一切生产活动。

1991 年，国务院第 83 次常务会议确定每年的 6 月 25 日为"土地日"，以此唤起人们用实际行动来珍惜、保护好我们有限的土地资源。第六个"土地日"的今天，在"土地与发展——保护我们的生命线"的呼唤中，我们多了一份对土地的关注和深思。

黄土地的忧患

水土流失、土地沙化、人口的增加、城市的扩大……正在侵蚀和挤占着我们的耕地。

　　我省水土流失严重，每年仅流入黄河的泥土多达5亿多吨。土地荒漠化还没有完全遏制，在全省1600公里的风沙线上，风沙肆虐。1993年的"5·5"沙尘暴，人们至今记忆犹新。今年5月底，敦煌、安西等县市大片良田又遭到风沙的袭击。水土流失、土地沙化等问题向人们亮出了"黄牌"，告诫人们：治沙防风，保护植被，确保耕地，一刻也不能松懈。人口增加过快对土地构成了又一较大的冲击。近年，我省人口以每年30万人左右的速度递增，相当于每年增加一个中等县的人口。目前，人均耕地从解放初的5.2亩下降到现在的2.14亩。

　　近十年来，随着经济的发展，我省城乡建设出现了前所未有的局面，土地开发势不可挡，一批小城镇正在崛起。土地的开发和城镇的崛起活跃了一方经济，但也使城郊的成千上万亩良田和蔬菜基地被蚕食、污染。省土地部门的负责人说，一些地方和部门如此不顾长远利益，盲目占用耕地的行为在近两年有所上升。近三年来所占用的水地达5万多亩，年均近2万亩。

　　在市场经济大潮的冲击下，许多农田在不尽合理的产业结构调整中被挤占，粮果、粮经争地矛盾突出。记者在采访中看到，有些地方大片的川地、水地已被新栽植的果树所"占领"，人们不仅忧虑："饭碗田"还能保得住吗？

　　乱批地、乱占土地的现象禁而不止，全省违法占地案件仅去年就有1300多起。全省1890余家大小农贸市场多数没有办理建设用地手续，土地隐形交易问题比较严重。封建丧葬习俗仍然存在，毁地造坟也很突出，仅兰州市的新老公墓区就多达8处。至今，只有卧龙岗公墓区办了用地手续，其余都是未办手续占用荒山荒坡而建的。这种死人与活人争地已成为不可等闲视之的社会问题。

保住我们的生命线

土地资源是有限的，也是不可替代的。合理利用土地，确保农田不被侵占，就是保护我们的生命线。为保护和开拓耕地，人们在进行着不懈的努力。

地处巴丹吉林沙漠和蒙新沙漠边缘的金塔县人民 40 余年坚持与风沙抗争，已使绿洲向沙漠延伸 5.6 公里，不仅使 24.3 万亩耕地得到了有效保护，还新开发耕地 11.2 万亩。人多地少的泾川县，在强化土地管理，节约耕地的同时，累计复垦废旧宅基地，恢复增加耕地 1.67 万亩，除建设用地，净增耕地 1.37 万亩。目前，该县已有 30% 的复垦地栽种了果树，种植了烤烟。

社会经济的发展必然促进城市的发展，但在城镇扩建的过程中要尽量避免占用耕地。兰州市城关区九州经济开发区已为城市发展提供了不占耕地的成功经验。记者在九州经济开发区看到，九州台下罗锅沟 2000 亩弃荒地通过削山填沟已平整出 6000 多亩建设性用地，一幢幢厂房、居民楼拔地而起，已有 50 余家企业入驻其间。国家土地局有关领导视察九州经济开发区后说，削山填沟，建设开发小区在全国都是少见的。

保护耕地，一方面要增加总量，另一方面要提高土地的质量。"九五"期间，我省围绕实施"沃土计划"，将重点抓好"增、提、改、防"四字措施。即：广积农肥把地力提高一个等级，同时通过科学施肥，把我省化肥利用率由现时的 30% 提高 10 个百分点；计划用 5 年时间，采取科学综合措施，实现对 500 至 600 万亩中、低产田改造；并采取监测、监控治理措施，防止土壤退化、农田污染，搞好农田生态平衡。

在深化土地改革中，土地有偿使用制度得以完善，"四荒地"的拍卖和"三无"乡镇活动已经在全省范围内展开。

1993年以来，全省拍卖、租赁"四荒地"76万多亩，使土地的利用更加合理，土地的资产效益进一步发挥。

土地的执法力度正在逐步加强。一些专家提出，应改变目前靠行政手段管理土地的局面，建议在基层法院设立土地法庭，解决每年发生的土地违法案件。

保护好耕地不仅要靠法律手段，更重要的是要靠人们的自觉行动。前不久，白银市由主要领导带头进行了保护耕地的10万人签名活动。人们的土地意识正在觉醒，给子孙留下一片沃土，已成为生活在这片黄土地上的人们的共同心愿。

邹杰与实习生刘东合作

载《甘肃日报》1996年6月25日一版

李奎笑了

人们不会忘记，1995年12月24日，江泽民总书记曾到定西县（今定西市）鲁家沟乡太平村六社看望了特困户李奎一家。今年，李奎一家的日子过得怎样呢？

7月16日，记者来到太平村。金黄的麦田随风起浪，一派丰收景象。在地头，我们恰好遇到了正在劳作的李奎。他很热情地走过来和我们打招呼。

记者问李奎："你们家今年种了多少地膜田？"

满面是笑的李奎回答："村上扶持我种了两亩多地膜玉米和谷子。今年庄稼长得好，不愁没饭吃了。"说着，他开心地笑了。

记者走进他家的地膜玉米田，只见绿油油的玉米秆粗叶茂，李奎站在玉米丛中都看不见。

李奎老汉又邀请记者去他家里坐坐。在院门口，他笑眯眯地揭开了自家的集水窖，只见窖内蓄满了清澈的雨水。村

主任介绍，这是政府出钱，村上帮助他家建起来的。有了这口水窖，李奎一家再也不为吃水而发愁了。

李奎的老伴马彦梅曾患白内障，双目失明好几年。去年，江总书记看望老人的消息见诸报端后，安徽的韩新继大夫不远千里，送医上门，为她做了白内障手术。马彦梅老人热情地一边为记者让坐，一边对我们说："多亏了韩大夫，治好了我的眼病，又能看见东西了。"她又指着炕上叠放得很整齐的花被子说："这是江总书记送的。"

记者了解到，太平村连续七年受到了雹灾和旱灾的危害，特别是去年的特大旱灾，全村粮食基本绝收。县、乡两级政府给太平村李奎等特困户每人每月补助粮食十五公斤和十五元钱。由于党和政府的关怀，李奎一家三口生活有了保障，李奎心里充满了感激之情。他现在精神焕发，科学种田脱贫致富的干劲十足。

邹杰与实习生刘东合作
载《甘肃日报》1996年7月19日一版

传播文明的使者
——访民间表演艺术家刘山三

"刘山三"是省戏剧家、民间文艺家协会会员、定西地区文联民间文艺家协会理事长、刘山三农民剧团团长刘福的艺名。在定西县（今定西市）城关乡文化站，犹如一个橄榄式的平房大院子，是刘山三居住、工作和传艺的地方。

刘山三中等身材，天庭饱满，声音洪亮。笔者问及陇中小曲的表演艺术，他爽快地说："我这里有录像带子，放给你们看看，就可以了解到我们刘山三剧团和陇曲的艺术表演情况了。"他随即给我们放了几折他和弟子在1993年庆祝刘山三农民业余陇曲剧团建立30周年大会上的精彩表演。初看陇曲，虽不是戏曲票友，但被刘山三和弟子表演时的手、眼、身、法、步无一不成戏所折服。

问他的剧团何以取名刘山三？他说有两个意思：一是本姓刘，家住定西县（今定西市）城南西岔村刘家山底下，其父亲、弟兄及其儿女三代同堂演戏之故；二是他于1963年3月3日成立了"63·3"家庭皮影戏班，"刘山三"亦是"63·3的谐音。如今，他的剧团成员由定西5乡10村的陇曲爱好者组成。

三十余年来，刘山三从古老的皮影戏起步，以陇中小曲为主要旋律，采用当地群众喜闻乐见的艺术表演形式，发掘、弘扬陇原优秀的地方传统文化。刘山三先后搜集和整理出50多个陇曲和30多个剧目。同时，配合党的计划生育、保护耕地等政策编演了《孙桂花》《独生女》《节约用地》等40多个节目。今年春，他的《陇中小曲》又问世，书中所选编的《兰桥担水》《牧牛》《香泉水》等10折陇曲剧本，成为他的弟子们百学不厌，百演不衰的好戏。多年来，刘山三剧团足迹遍及定西的山山水水，村村寨寨，他们不辞辛劳，送戏下乡，在寓情于乐中向广大陇中人民传播文明，陶冶人们的情操，振奋人们的精神。"刘山三"艺名传遍陇中大地，人们几乎忘了他的大名"刘福"和曾用名"仲魁"。

谈到他的弟子，刘山三说向他学艺的人一批又一批，培养学员500余人。走进一间简朴的教室，从墙上张贴的学员名单和学戏守则"农民剧团立足业余，自乐为制酷爱为记，弘扬陇曲发展地戏"看，他把传艺、育人当作大事来抓。如今，在定西地区专业剧团中有5人是他培养的高徒。我们问他收徒传艺，收费多少？他笑着说："凡来学习的学员，一律不收学费。学员参加剧团的演出，我也不给他们发演出费。"这种没有金钱关系的师生情，在当今怕不多见。这也是刘山三名气很大，却不富有的原因所在。为了演出，没有多的资金购买道具、衣物，他和妻子就自己设计，自己动手制作。在

一间屋子里，他让我们参观了他的各色道具和古典戏曲人物的帽子、玉带、髯口和佩物等，形制古朴雅观，多姿多彩。

告别艺人刘山三，令人深思：在城市专业剧团不景气的年月，刘山三剧团演出多达1000多场次，观众几十万之众，显示出勃勃生机，原因何在呢？就在于剧团不计报酬，生于民，为民生，让优秀的传统文化在陇原大地生根、开花、结果。

载《甘肃日报》1996年8月12日八版"社会周刊"

鲜花怡人趣自雅

春夏以来，在兰州市东方红广场西南侧的花市区，每值清晨，花木销售十分火爆，领衔的绿峰、东方红花店更是顾客盈门。散布在这一带的各路卖花人，有的提篮小卖，有的推着满满一三轮车玫瑰花、月季花、太阳花、百合花，叫声不绝。男女老少购花人纷纷围住卖花人，买一盆喜人的鲜花，悠然自得地离去。

近两年，随着人们观念的更新，逢年过节探亲访友，不少人放弃了其他传统礼品，开始送一束鲜花传递友情。特别是一些年轻人，更喜欢时髦，买盆鲜花送朋友。今年情人节，兰州一枝玫瑰卖到3至5元，一束配有仙客来、康乃馨、满天星的鲜花能卖几十元。

记者在绿峰、东方红花店看到，由兰州花木公司滨河花圃等提供的绿巨人、青苹果和红苹果、孔雀竹叶、小榆树、发财树、巴西木等高档观叶植物十分俏销。这些盆景，少则卖100元，多则300至500元，但高价位并未消减人们的购买欲望。一购花男士告诉记者，他花200元买的巴西木盆景是送朋友的。"这年头提上蛋糕送人，让人笑话；买烟酒去送人，怕遇上假货。还是送花好，既高雅，又时尚。"

花市看好，带动了兰州市集体和个体养花业的发展。在兰州，兰州大学兰花公司靠专门养育培植各类地生兰和外国名贵兰花一炮打响。兰州附近郊区农民也出了不少养花专业户，仅雁滩乡滩尖子村的养花大户就有10多户。农民邹殿荣家种着3亩地的花卉，品种达70余种，其中有三伟槐、黄剑等名贵花木。每天，他推车到南湖公园一带卖花，少则收入几百元，多则上千元。他靠养花致了富，一家5口人年收入2至3万元，日子过得很甜美。兰州花木公司滨河花圃年养育、引进各类花木几万盆，除满足市场需求外，还为会议、宾馆、酒楼等提供了大量的花木盆景。园艺师杨保平介绍，他承包的这个占地9亩的花圃，有花木200余种，绿巨人、青红苹果、铁树等品种常年从花城广州购进，销路较好。每年除向花木公司上交万元管理费外，还缴纳税金近2万元。同时，11名正式工的工资人均在500元左右，年终还可分红。采访中记者发现，目前兰州市花卉市场虽然销售看好，但喜中有忧。一些个体养花专业户压价销售，致使集体花圃的花木销售受到冲击。特别是今夏，各有关花圃收入均少于往年。但不管怎么说，市民花不多的钱就能买到中意的花木，这总是一件让人高兴的事。

载《甘肃日报》1997年7月7日

好当家——孔长命

八月的一天，冒着霏霏细雨，我们来到永靖县盐锅峡镇黄河南岸的上铨村，采访优秀共产党员、全省优秀村委会主任孔长命。

今年46岁的孔长命，已连任上铨村三届村委会主任。多

年来他呕心沥血，狠抓村办企业和高效农业，已使上铨村旧貌换新颜。现在全村林田成网，一座座新颖别致的农舍掩映在绿树中；丰产洋芋、玉米田一望无垠，果园飘香，羊儿成群，一派生机盎然的景象。

据了解，十年前上铨村人多地少，没有村办企业，多数人仓里没有粮，手头没有钱花，人均纯收入只有250元，粮食人均不足150公斤。去年，全村人均纯收入近千元。如今，上铨村500多农户家家户户过上了好日子。其中，130户盖起了砖瓦房，拖拉机家家有，80%的家庭购置了高中档家具和家用电器，8户农民还有VCD影碟机。

今昔对比，上铨村人无不夸奖他们的好当家——孔长命。

孔长命曾打过零工，干过生产队队长，在抚河渠水管站当过技术员。1988年，37岁的孔长命被乡亲们一致推选为村委会主任。孔长命走马上任后，四处求贤寻找脱贫"良方"。经过一番调查研究，村党支部决定利用地处黄河边、紧靠盐化和盐电厂、交通方便的优势，兴办乡镇企业，发展高效农业。

当时村上很穷，办企业缺少资金。但善于思谋的孔长命在村党支部的支持下，和村上的四户农民走东闯西，考察市场；求亲访友，筹集资金。1994年，投资50多万元的富民电石厂实现了当年建设、当年投产、当年见效的目标。年底，生产电石520吨，创产值70多万元，上缴税金1.5万元，安排劳力33人。目前，这个厂职工已增加到42人，职工年均工资5000多元，已使20多农民走上了致富路。

为发展企业，孔长命将多年的积蓄拿出来，扶持农户发展，先后借出去的资金达12万多元。金星电石厂因电费交不上，不能正常运转，他立即将2.8万元借给该厂用于周转，因此金星电石厂的职工们非常感激他。在孔长命的带动下，上铨村乡镇企业蓬勃发展，先后建起了扎包带厂、模具模料厂、碳素加工厂等大小村办、农户联办厂19个，共安排村上劳力

600 多人，户均有一个劳力在乡企工作。

为了发展高效农业，近年来，孔长命又一心扑在对抚河渠的维修、改建和清淤工作上。十多年来，他兼任抚河灌渠水管站站长，负责 4 个村、1700 多户、8000 多人和 5756 亩耕地的饮用水和灌溉。这条干支渠总长四十多公里的抚河渠，由于全是土基渠干，时有"肠梗阻"的现象发生。去年初，在镇上领导的帮助下，村上集中十天时间对抚河渠进行大规模清淤。十天中，孔长命一直坚守在清淤第一线。饿了，啃一口干粮；渴了，喝一杯凉水，带头干重活、累活。他还自行设计，先后对两处 100 多米长的塌陷渠段进行了衬砌，改建渡槽 4 座。改修和清淤后的抚河渠水量加大，促进了沿渠四个村的高效农业的发展。仅上铨村，去年高效节能日光温室已由 1994 年的 30 多个发展到 500 多个，每个温室纯收入3000 多元。

孔长命的辛勤劳作和无私奉献，受到了群众的拥护。他连续五年被评为盐锅峡镇先进生产者，去年又被评为永靖县优秀共产党员、全省优秀村委会主任。

邹杰与王朝霞合作完成

载《甘肃日报》1997 年 9 月 8 日"农村天地"

光辉农民生活一瞥

光辉村，是村不是村。它地处兰州市中心，一派都市风光；光辉村的村民，是农民却又不务农，现今全村只剩10 多亩地，村民们都从事二、三产业。

改革开放以来，光辉村靠土地征用补偿金滚动发展村办企业，历经 10 余年的艰苦创业，已先后办起光辉停车场、光辉饭店、曙光旅社、金辉饭店和颇具规模的光辉布料批发市

场等 5 个骨干村办企业。1996 年，全村乡企总产值突破亿元大关，实现利税 1704 万元，集体收入 916 万元。全村790 多人，人均年分配达 4560 元。村办企业的发展，不仅吸纳了全村 430 多个劳力，而且造就了一批企业的经营管理者。

初秋的一天，艳阳高照。记者来到南昌路北侧的光辉村，采访了几户农家的生活。

段生荣昔日务农今日当经理

已过而立之年的段生荣，可算光辉村 10 多位有经验的企业管理者之一。1979 年他高中毕业回村务农，一年忙到头，种瓜种菜，年收入仅过千元。1986 年，他被村上任命为光辉布料批发市场的副经理，实现了从务农到管理企业的转变，学会了管理市场的本领。1994 年，他被调到光辉饭店当副经理，主管饭店的后勤和保卫工作。

他除每天忙工作外，还和妻子兼搞第三产业，先后开了两个便民小卖店。每天，他早起晚睡，忙完饭店的工作又忙小店的经营，虽说辛苦，但靠勤劳过上了小康生活。他自行设计，盖起了新式的三层小楼房。家里彩电、冰箱等家电和新式家具一应俱全。为进一步增加收入，他把一二层楼全部出租，一年上缴税金 1000 多元。如今，在光辉村，多数农民都出租房屋，既可增收，又为国家作了贡献，可谓一举两得。

赵子玉承包停车场收入过万元

四十出头的赵子玉，过去务农，一家人生活过得很紧，自从村上办起停车场，他一直就在那里上班。这两年，停车场大胆改革，他和两个村民一道承包了光辉停车场的部分地方，专管远近来往的车辆停放。虽说一天从早忙到晚，但一年下来收入过万元。他的妻子在光辉布料批发市场搞卫生，月收入 600 多元。如今，他家过上了好日子，平房改建成了二层独院小楼房，一家人吃讲营养，穿戴时尚。晚间，老少围着29英寸大彩电，看新闻、看电视节目，共享天伦之乐。

杨秀英幸福度晚年

今年64岁的杨秀英老人，和光辉村90多位退休老人一样，每月村上为他们发300多元的退休金。逢年过节，村上又给他们送来慰问品。如此幸福的晚年，这是她做梦也想不到的。

杨秀英身边有两个儿子，她和小儿子一起生活。窦家兄弟合住着一栋二层四合院楼房。兄弟姒娌和睦相处，尊老爱幼，老人打心里高兴。

大儿子窦宪福是光辉停车场的副经理，小儿子窦宪荣在停车场当电工，日子都过得美满幸福。

载《甘肃日报》1997年10月6日"农村天地"

高峡平湖鱼儿跃

8月初的一天，我们慕名来到被誉为"水上明珠"的刘家峡库区采访省水产养殖总场。高峡平湖，绿波荡漾，令人心旷神怡。刘家峡水库水域宽阔，面积达18万亩，宜养鱼水面达16万亩，占全省水库养鱼面积的1/2，是我省发展渔业生产的重点水域。这里水质清纯，是多种鱼类索饵、栖息的良好场所。库区内主要经济鱼类有16种，其中黄河鲤鱼、北方铜鱼驰名中外。

省水产养殖总场经过20多年的发展，已使水库养鱼有了快速发展，取得了网箱养鱼的成功经验。同时，它已成为全省鱼种苗基地。特别是1994年封库养鱼以来，引进了有较高经济价值的名优鱼类新品种。其中，从湖北、新疆、四川引进的美国胭脂鱼、鳜鱼、池沼公鱼、大口鲢鱼，在市场俏销。

去年，被誉为"水中黄金"的大银鱼从山东龙口引进，已试养成功。

我们来到了一个名叫盐沟的库湾水域，看到了80多个网箱整整齐齐地排列在库湾水面中央，每个网箱旁都有一个投饵箱。技术人员一按投饵箱上的电钮开关，饵料就自动且定量投入水中，网箱里的条条鲤鱼活蹦乱跳地游出水面，纷纷拥来抢食。这是省水产养殖总场采用高密度集约化的养殖方式，将精养技术由小水面推广到大水面的一个突破。据介绍，网箱养鱼产量高，易捕捞，经济效益好。1986年，该场开始发展网箱养鱼，至今年，养殖水面达4亩，年投苗2.3万公斤，可产鱼9万公斤，单产40公斤/立方米。据总场负责人介绍，刘家峡水库有适宜网箱养鱼的库湾8个，面积近2000亩。总场将按照国家渔业部的"菜篮子"工程的要求，力争实现网箱养鱼65亩。

当我们来到永靖县城西黄河北岸，只见920亩波光粼粼的池塘坐落于此。池塘分割成块，相连成网，池塘里的鲤鱼自由游弋，时时点画出圈圈涟漪。据介绍，从20世纪60年代开始，国家在这片荒滩上投资建成了大川良种繁殖场，近年来又建成了高标准的黄河鲤鱼原种场和白川渔场，其中的黄河鲤鱼原种场是全省黄河鲤鱼鱼苗的供应基地，每年创利润50多万元。

为大力开发渔业资源，省水产养殖总场在池塘开设了游钓活动，以游钓促进渔业生产。池塘的一隅，但见男男女女、老老少少正在专心致志地钓鱼。一青年钓到了一条大鲤鱼，喜滋滋地放进身后的桶里。为满足兰州等地游钓者的需求，总场近年还开设了娱乐设施。距池塘不远处，一个个蒙古包在花草茂盛的空地上撑开，那些游钓的人们在蒙古包里或烤或炖从池塘里刚刚钓来的鲜鱼，鲜嫩美味的鲤鱼散发着阵阵诱人的香味。一些身着蒙古族服装的男男女女在此悠闲玩乐，载歌载舞。这些娱乐设施吸引了更多的游钓者。据介绍，游

钓高峰期，垂钓者每天可达 1700 多人，池塘钓鱼量年均达 5 万多公斤。

目前，省水产养殖总场已形成集渔业生产、游钓娱乐为一体的发展新格局。年产鲜活鲤鱼、建鲤、鲢鱼等 460 多吨，成鱼和鱼种的年产值达 400 多万元，创利润 39 万元。同时，带动了库区沿岸的群众发展养鱼业，进一步丰富了城乡居民的"菜篮子"。

邹杰与王朝霞合作完成
载《甘肃日报》1997 年 10 月 6 日

皋兰山上种菜人

谁能想到，在海拔 2170 米的皋兰山上，竟也能生产蔬菜。7 月 15 日，记者走访了兰州市城关区皋兰山乡三营村的种菜人。

走进农民杨进奎的日光温室，只见满棚的西红柿秆壮苗绿，株株成行果实累累。正和妻子摘红柿子的杨进奎一边热情招呼我们，一边说："去冬，乡村干部动员我建温室，我还怕种不出菜，没想到在技术员的帮助下种出了这样好的西红柿。"

记者看到，他采摘的西红柿个个成色好，大者如盘，小者如拳，十分诱人。

杨进奎告诉记者，他种菜用的全是农家肥，西红柿无污染，口感也很好。今夏不下皋兰山在兰山公园就近销售就已收入 2000 多元。眼下温棚里的柿子正陆续上市，按 1 公斤 1 元算，再卖 3000 多元不成问题。

乡长段永林介绍，三营村常年高寒阴湿，是乡上的贫困村。去年，区、乡两级政府加大了对三营村的扶贫力度，首

先从调整种植业结构上做文章,以贴息贷款的方式扶持一部分村民率先发展林果业和日光温室蔬菜,帮助他们早日致富。

据了解,在区、乡两级政府优惠政策的激励下,三营村不少外出打工的农民纷纷回乡务农,在科技兴农上一显身手。去年,三营村建起占地 11 亩的 13 座日光温室蔬菜,每亩可产鲜菜上万公斤,可获纯收入 6000 多元。今春以来,在尝到甜头的农户的带动下,三营村又新建日光温室蔬菜 41 座,占地 43 亩。今年底,皋兰山乡以三营村为主将建成 100 亩日光温室。

放眼皋兰山乡,一座座日光温室和片片早酥梨果园交相辉映,为这个贫困村增添了一道道新景观,也为这里的贫困农民带来脱贫致富的新希望……

载《甘肃日报》1998 年 7 月 25 日一版

早胜塬上访花农

金秋十月,记者来到陇东宁县早胜塬。在这片宽阔的黄土塬上,大片大片盛开的鲜花装点着暮秋的村落和田野,种花已成为当地农民脱贫致富的一项新产业。在早胜镇寺底村,记者采访了有着十多年养花经验的花农——刘翼岳。

已过而立之年的刘翼岳十分精明,他的住房就坐落在花圃中。在临公路的屋墙上,醒目的大字标明着他的电话、姓名,路人能清楚地看见"甘肃宁县早胜镇花协良种基地"的牌子。

刘翼岳告诉记者,为了改变自家和家乡的贫穷面貌,从高中毕业回乡后,他就开始自学养花技术。1982 年,他从兰州购进花籽,又从南方买回观赏苗木,开始种花和务弄盆景。功夫不负有心人,靠鲜切花和盆景,当年收入过万元。

鲜花市场千变万化。为了紧跟市场行情，近年来他到广州等地考察学习后，又开始发展以唐昌蒲、郁金香、百合、风信子等为主的名贵花卉，并向省内外销售鲜切花。他说："自己富了不算富，只有带动全村都来养花，大家才能共同走上富裕路。"于是，他把村上爱花、养花的农户请到自己的花圃学技术。在他的传、帮、带下，寺底村如今已有12户农家种花，每年来自鲜切花收入少则几千元，多则过万元。

告别刘翼岳时，他指着大片的粉红色唐昌蒲、月季花说："今年种植的各种花卉面积达11亩，明年种花面积将发展到50亩。"

载《甘肃日报》1998年10月18日二版

玄马新品富农家

谁能想到，在价格大幅下跌、销售滞缓的果品市场上，庆阳县（今庆城县）玄马乡贾桥村农民张永顺培育出的优良新果品梨枣，却走俏市场，卖到每公斤10元的好价格。这位农民何以在激烈的市场竞争中高人一筹？

10月12日，记者来到了梨枣生产基地贾桥村罗坪自然村。张永顺带我们来到他的7亩枣园里。记者看到，700多株矮植梨枣树株株果红叶绿，成熟了的梨枣挂满枝头，大如鸡蛋，红似丹砂，十分诱人。主人随手摘下让记者尝鲜。果然，这种梨枣皮薄甜脆，口感很好。张永顺介绍道，去年，梨枣在省果品展销会上每公斤20元，最高价达40元。今年果价下跌，但梨枣每公斤仍然可以卖到10至12元，且走俏市场。

据了解，20世纪90年代初以来，庆阳县（今庆城县）充分利用当地酸枣资源优势，大力发展酸枣嫁接大枣，已嫁接各种枣树1000多万株，使不少山区农民脱了贫。1992年，张永顺从山西交城县枣树研究所引进梨枣接穗50支，当年嫁接

成活142棵,大部分当年结了果,成了市场上的"抢手货",也为当地农民打开了致富门。1995年,罗坪社在张永顺的带动下,发展了30亩梨枣园。这两年,全村70多户农户家家种梨枣,户户增收。

庆阳地区林业处的傅廷汉告诉记者,梨枣质优、产量高,亩产可达600多公斤,亩收入可达7000元,发展潜力很大。今年,庆阳县(今庆城县)已把梨枣作为川区发展的支柱产业,投资5万元,从山西调运梨枣苗1.5万株,在玄马、马岭两乡镇栽植160亩,其中玄马乡140亩,60%成活。玄马乡将成为全省有名的梨枣基地。

放眼罗坪社,一块块优质梨枣园星罗棋布,人们沉浸在梨枣丰收的喜悦之中。

载《甘肃日报》1998年10月24日一版

山川今朝变秀美
——庆阳"三北"防护林工程建设纪实

金秋十月,记者在庆阳地区采访,常遇浓雾蔽日的天气,空气格外湿润。当雾散日出时,放眼望去,荒山披绿,果园片片,林田成网,冬麦青,油菜绿,一派生机盎然的高原秋色。这美丽的自然景观,是陇东人民历经二十年封山育林,治理成千上万条沟壑流域,建设"三北"防护林工程的结果。

今年是"三北"防护林工程建设二十周年。记者了解到,庆阳地区在"三北"防护林一、二期工程建设中,共营造防护林809.32万亩,总投入资金达1.14亿元。目前,全区林木总蓄积量达1469.1万立方米,较建设前增长33%。森林覆盖率达19.7%,其中作为"陇东粮仓"主要绿色屏障的子午岭林区达50.2%。

庆阳地区属于黄河中下游黄土高原沟壑区,农业基础差,经济发展比较落后，是国家"三北"防护林工程建设地区。党的十一届三中全会以后，地委、行署把"三北"防护林工程建设作为改善全区生态环境，实现农业可持续发展的百年大计来抓。他们在调查区情的基础上，因地制宜，将全区划分为北部丘陵沟壑水土保持薪炭林区，南部高塬沟壑农田防护经济林区，东部子午岭水源涵养林区三大区域，按照"两带"、"两基"、一流域的框架进行布局和规划。即:在中西部建成百万亩沙棘林带，子午岭林缘百万亩林带；建成以苹果为主的经济林基地和以子午岭杨树、油松为主的速生用材林基地；并利用世界银行贷款对马莲河流域进行综合治理。

"三北"防护林的建设，困难在资金。为此，地委、行署从深化农村改革入手，先后出台了一系列优惠政策，鼓励国家、集体、个人一起上，采取独家办、联办、租赁、承包、拍卖荒山荒沟等形式，对山、沟、梁、峁进行多层次的综合绿化开发。经过广大干部群众10多年的努力，全区林业生产在发展战略上实现了六个转变：已由林业部门一家抓向全社会办林业、全民搞绿化转变，由零星分散造林向规模工程造林转变，林种结构由单一生态型向经济型转变，由单一树种向区域适生树种多元化转变，由粗放型向依靠科技、集约经营转变，由重造轻管向造管并举转变。其中，以苹果、杏为主的经济林建设在"八五"期间得到了长足发展，每年以10万亩的速度递增，既绿化了荒山，又成为农民增收致富的一大支柱产业。据了解，目前全区林果面积达140.13万亩，年果品产量达2.6亿公斤，果品总产值达3亿多元。不少农民靠果品脱贫致富。据不完全统计，果品收入上万元的农户达3400多户，5000元以上收入的农户有8300多户。

在西峰（今西峰区）、正宁、宁县、合水、庆阳（今庆城县）等县市采访中，记者了解到，在建设"三北"防护林工程中，地、县、乡三级全面实行领导干部目标责任制，并办起林业示范点1000多处，营林63.8万亩。全区现有义务植树

基地 427 个，义务绿化面积达 11.7 万亩，累计植树 7689 万株。同时，全区已建起乡村林场 1445 个，营林面积达 59.53 万亩。

二十年来，庆阳地区"三北"防护林工程建设取得了很大的经济效益和社会效益。目前，全区大部山、梁、沟、峁得到绿化治理。子午岭用林基地已完成营林 60 多万亩，林缘林带已造林 49.19 万亩，中部已建成 30 万亩沙棘林带。"三北"防护林的建设，使庆阳地区大部地方生态环境得到改善，水土流失逐年减少，农业连年丰收，今年粮食产量创历史最好水平。

庆阳地区全民办林业，努力建设"三北"防护林工程，再造秀美山川的行动，受到了省上和国家的表彰、奖励。今年，西峰市（今西峰区）又实现了整市灭荒，受到省上奖励。

但记者同时看到，全区"三北"防护林工程建设发展还不平衡，在一些干旱县，森林覆盖率仅有 3.3%，水土流失依然严重，建设生态农业的任务还十分艰巨。

载《甘肃日报》1998 年 10 月 29 日二版

荒山种树人

庆阳县（今庆城县）在"三北"防护林工程建设中，涌现出了不少绿化荒山的科技带头人，何立章就是其中之一。

深秋时节，记者来到庆阳县（今庆城县）白马乡三里店村农民何立章承包的 200 亩山林中，只见沟沟坡坡层林尽染。正在劳作的何立章，热情地和记者谈起他承包绿化荒山的事。

1992 年，不甘贫穷的何立章率先承包了雷家岘子沟里的 200 亩荒山。他依靠山塬兼有的地理优势，把准备买家具的 1000 元用来造林。从此，他带着一家四口人，起早贪黑，早出晚归，挖荆棘，铲杂草，修水平台，挖鱼鳞坑，栽上一棵棵小树。连续奋战两年，已在山坡上栽植油松 1.47 万多株，刺槐 2140 多株，沙棘 1880 多株，成活率高达 90% 以上。为了增加收入，何立章又综合开发荒山，在平整出的台地里种植蓖麻、油豆、蔬菜，搞起了多种经营。一年下来，收入过千元。

初尝甜头的何立章，进一步向这 200 亩荒山要效益。他于 1994 年请来县园艺专家，指导果树嫁接技术，先后嫁接枣树 1300 株，杏树 235 株，成活率达 90% 以上。如今，他已成为务弄果树的行家里手。

荒山绿了，油松、刺槐成林，沙棘满沟，全靠何立章采取全封闭式管护。记者看到，他沿公路筑起了长长的土围墙，断了闲人的来路。他和老伴还长年吃住在山上，精心管护着承包的山林。何立章告诉记者，他的 200 亩林地已实现了短、中、长多种经营相搭配，嫁接的枣树已全部挂果。从 1992 年以来，他靠发展多种经营收入就有 5000 多元，一家人日子越过越甜。

载《甘肃日报》1998 年 11 月 5 日二版

咬定荒山不放松
——定西地区"三北"防护林建设见闻

定西地区是我省中部干旱地区，这里十年九旱，水土流失严重，自然灾害频繁。一项旨在改变定西地区生态环境的跨世纪工程——"三北"防护林工程，1978 年开始在定西、通渭、陇西、漳县、临洮、渭源 6 县实施。二十年来，饱尝干旱之苦的定西人民，发扬"三苦"精神，硬是在荒山秃岭上创造了植树种草，美化家园的奇迹。

金秋十月，记者深入到最干旱的定西峁口、通渭华家岭

和水土流失严重的临洮南部山区，耳闻目睹了"三北"防护林建设带来的巨变。

驱车进入峡口，这里已辟为开发区，312国道穿街而过，格外热闹。这里最大的两座荒山——黑人山和插牌山不再荒凉，深秋时节，山林尽染，美如图画。黑油油的侧柏、油松和金灿灿的落叶松像守护神一样守护着大山。如今，峡口四周2万多亩荒山已被峡口林业试验场绿化成林。峡口，已成为旱塬深处的"绿色明珠"，吸引着中外专家、学者前来考察、取经。

自"三北"防护林工程启动后，峡口林业试验场走生产与科研相结合的道路，在绿化峡口荒山荒沟中不断探索出了旱地育苗壮苗、反坡梯田植树、阔叶林截杆深栽、针叶树带土丛植、抚育管护等一整套抗旱造林技术，从而解决了定西地区旱塬造林不易成活的一大难题。

记者进入"举手可托天"的华家岭，放眼望去，一条防风固土的"绿色林带"蜿蜒仰卧在海拔2000多米的山岭上，犹如坚不可摧的"绿色长城"，蔚为壮观。触景生情，使记者难忘1969年夜宿华家岭的情景。当时所见，华家岭四周一片荒凉，当夜幕降临，风萧萧，冷飕飕。那时，华家岭在人们心目中只是干旱、高寒、荒凉的代名词。今日重走华家岭，只见沿兰西公路干线两侧营造起了宽50米的防护林带，杨树挺拔，松树成林，沙棘丛丛。据了解，由于华家岭林业工人和广大干部群众参与植树造林，靠车拉水，人浇树，先后完成了"三北"防护林一、二期工程建设，营造了长100多公里的主干林带，造林面积7.7万亩。同时，沿线还营造了10条支林带，有乡村林场160多个，绿化面积80多万亩。如今华家岭周围梯田成片，林中野兔、锦鸡出没，天空飞鸟盘旋，生态环境大为改善，呈现出一派生机盎然的景象。

进入延绵不断的临洮杨家湾山，满山遍野的油松和落叶松。令人称奇的是，在阳山丛林中，流水潺潺，井水清清。

据村民讲，过去这里仅有一口干涸的井，但树木成林后，干涸的井水复活了。村民们又新挖出两口井。去冬今春，这里虽然天旱，但井水常用不涸，可供周围 3 个村的人畜饮用水。

目前，在临洮南部的潘家集、苟家滩、牙下、三甲等 8 个乡，完成了"三北"防护林一期工程建设，营造了保持水土的 10 万亩针叶林带，从而减少了南部山区严重的水土流失。

今年，是我国"三北"防护林工程建设 20 周年。二十年来，定西地区已完成"三北"防护林一、二期工程建设，累计造林 395.83 万亩，造林保存率达 67.9%。其中，防护林 102.6 万亩，用材林 59.9 万亩，薪炭林 74.5 万亩，经济林和特种用材林 23.4 万亩。同时，为期 5 年的"三北"三期工程已启动 3 年，完成造林 51.47 万亩。目前，全区森林覆盖率由 20 年前的 5.8% 提高到 9.6%，局部地方森林覆盖率达 17%。全区有国家级森林公园 1 个，省级森林公园 4 个。局部地方水土流失得以控制，不少农民靠种植经济林脱贫致了富。

载《甘肃日报》1998 年 11 月 17 日二版

绿海明珠子午岭

深秋时节，记者来到庆阳地区子午岭腹地——中湾林场。站在护林员的瞭望台上，放眼望去，只见气势磅礴的松林延绵不断，山林秋色如画，美丽壮观。

地处庆阳地区东部的子午岭，是黄土高原中部的一道绿色屏障。它连接陕、甘两省，境界线长达 280 余公里，是国务院确定的水源涵养林。目前，子午岭林区 51.19 万公顷面积中，林地面积达 20.74 多万公顷，活立木蓄积量达 1081 万立方米，森林覆盖率达 50.2%。其中，正宁林区森林覆盖率达

77.4%。

据了解，子午岭林区原来大部分为低产劣质的次生林。为使子午岭青山常在、永续利用，中央和省、地党政部门做出了一系列重大决策，包括在子午岭实施"三北"防护林工程建设。20年来，特别是近10年来，子午岭26个林场职工开展了大规模的荒山造林和改造残败次生林工作。林业技术人员在实施科技兴林中，加大华北落叶松速生丰产林培育步伐，并引进培育油松、华山松、刺槐和核桃等名、优、特种树。在造林布局上采取统一规划，突出重点，先易后难，由近及远，分年实施的办法，对荒山荒沟进行连片造林。在子午岭北部的山庄等林场，油松大苗带土造林为干旱荒山造林闯出了一条成功之路，其成活率和保存率均在95%以上。目前，在子午岭南部、中部和北部林区，70多万亩人工种植的"三松"林已连片成林，蔚为壮观。同时，近5年来又累计透光抚育残败次生林12.7万亩。这样，子午岭林区树种已由原来的以阔叶林为主，变为以耐寒、抗旱的油松等针叶树为主。

绿色是生命之源。如今，子午岭不仅有甘草、穿地龙、五倍子等百余种中药材，还有国家一类保护动物金钱豹、二类保护动物豹猫、水獭和大鸨以及三类保护动物羊鹿等10多种稀有野生动物。同时，子午岭林区也在涵养水源、保持水土方面发挥着巨大作用。

子午岭森林资源丰富，管护好这些资源，是功在当代、利在千秋的大事。对此，全林区职工遵循"三分造，七分管"的原则，强化管理，依法治林。据了解，正宁、宁县、合水、华池4县以及林区各乡镇都成立了护林防火指挥部。全林区还有一支执法队伍，他们已从7月1日起，按照国家的要求，"持证上岗，亮证执法"，行使自己的职责。

子午岭属于我省停伐的十大天然林之一，林区已于10月1日全面停伐，各林场伐木刀锯已入库封存。同时，关闭了林区和林缘区内的所有木材市场和交易点，并对非林区的木材

市场进行清理整顿。庆阳地区行署还成立了"天然林保护工程"领导小组，并已兵分几路深入子午岭林区各林场进行督查，对毁林开荒、乱占林地者进行严肃查处。林区近 6000 名职工也正在转变观念，克服困难，营林造林，发展多种经营，为营造更加秀美的子午岭再立新功。

载《甘肃日报》1998 年 12 月 8 日二版

给钱也要给点子

近年，一些地方出现了"策划人""点子公司"等，动用"科学"脑袋，为一些企事业单位或乡村出谋划策，出好点子。生活中，给一个好点子，比起给人家钱物来说还要金贵，不但可以使一个濒临倒闭的企业起死回生，还能使一个农户、一个乡村改变贫困面貌。

在河西等地就有一些聪明的城里职工，一改过去为乡下亲友单纯给钱解难的方法，琢磨出行之有效的好点子来，让亲友靠山吃山，靠水吃水，自我发展。张掖有位科级干部，变年复一年零星给钱为一次性扶持，帮助乡下的哥哥办起了小型家庭养鸡场。仅两年时间，哥哥靠科学和勤奋养鸡，脱贫致富，家里人的穿戴也"鸟枪换炮"。逢年过节，少不了给城里的兄弟提上鲜蛋、活鸡，自己脸上也倍觉光彩。看来，钱与点子相比，点子就更重要了。

还有一些城里人给乡下穷亲友除了出个好点子，又附加一些能使自己增收的条件，就更为高明了。玉门某大企业一职工，在经历了长期扶持永登乡下弟弟吃饭问题的"阵痛"后，筹集资金从山东买回几只小尾寒羊，送到有丰富草山的乡下，让弟弟精心放养。他又要求弟弟，既要保证还本，还要滚动发展增加收入。同时又动员城里的妻子下乡帮助养殖。

弟弟有了良种羊，变压力为动力，披星戴月，不敢松懈。最终，不但靠发展小尾寒羊摆脱贫穷，还成了养殖小尾寒羊的行家，并带动了周边农户也养殖小尾寒羊增收。城里的老哥也靠扶持弟弟养羊增加了收入。一举两得，皆大欢喜。

这种给点子的方法，不但"解放了"靠工资收入的城里人，还从根本上帮助穷亲友找到了一条持久的脱贫路。可以说，给点子，就是给亲友送了一把打开致富门的"金钥匙"。

写于 1998 年夏天

走进新疆

正值瓜果飘香的金秋八月，我应友人之邀第一次走进新疆。人们常说，不到新疆不知道祖国的辽阔宽广。而我到了新疆，果然感受到了这一点，更感觉到了新疆的美丽和富饶。新疆地处祖国西北边陲和亚欧大陆桥腹地，面积 166 万平方公里，占全国的 1/6。新疆有着得天独厚的水土光热资源，又是全国五大牧区之一。改革开放以来，新疆发生了翻天覆地的变化，不仅有闻名遐迩的克拉玛依油田，有年产 15 万吨葡萄酒的葡萄种植基地和"天山"牌、"伊力"牌中国驰名商标，且蕴藏着极具吸引力的雪山、大漠、草原、湖光山色等旅游资源。

现代都市乌鲁木齐

金秋八月，我乘飞机从兰州到达乌鲁木齐机场，一个设施一流、功能齐全的国际机场使我大开眼界。我对乌鲁木齐也开始刮目相看。机场候机大厅旅客如流，因这里航线四通八达，旅客很快就能如愿疏流，不仅可以到国内各地，还能通达欧亚各国。

新疆维吾尔自治区首府乌鲁木齐，更给我全新的感觉。该市总面积达 1.42 万平方公里，总人口 208 万，已成为全疆各民族文化、经济中心，同时也是亚欧大陆桥的桥头堡。记得有首歌词说："乌鲁木齐有三宝，羊粪马粪，芨芨草，维吾尔族姑娘满街跑。"如今，乌鲁木齐不再是"优美牧场"，经济和城市建设得到飞速发展，已成为连接欧亚的商贸中心。这里，有通往西线石河子市、乌苏市和博乐市，通往东线哈密市，通往南线库尔勒市、阿克苏市、阿图什市和喀什市的公路和铁路。由于交通便捷，不仅使各地土特产源源不断运出，还吸引来国内外人进疆办企业，投资搞商贸和旅游。随行的友人介绍，仅在乌鲁木齐经商办企业的江浙人就达 20 万以上。

女人天生爱购物。到了乌鲁木齐，不去二道桥市场，你就不知道有些什么特别的商品。在二道桥商贸城，这里土特产和工艺纺织品琳琅满目，特别是少数民族喝奶茶的铜茶具很引人注目，大大小小、长长短短的很是美观。美丽的维吾尔族姑娘导购用流利的普通话帮我和维吾尔族商人讨价还价，让我购到满意的纺织品披肩、衣物等。总之，乌鲁木齐给我留下了美好的印象。

迷人的天山天池

过去曾在电视里看到过天山天池的美景，没想到 8 月 21 日我却乘车由乌鲁木齐前往天池观光。天池距乌鲁木齐市 115 公里远，在阜康市境内。当车在宽阔的公路上奔驰 2 个小时后，就进入了天池山脉。放眼望去，重峦叠嶂，塔松成片，山坡上绿草如茵，山间溪流蓝波涌动，令人心旷神怡。车盘山而上，到达高处，只见游人如织。遥望高达 5400 多米的博格达峰，耸入云端，皑皑雪峰，银光闪烁。在冰峰峡谷里，波光粼粼的天山天池恰似一面巨大的银镜，闪烁耀眼，十分迷人。我们兴致勃勃坐游艇游览天池美景，呼吸新鲜空气，

并争相拍照。我们又沿塔松深处的山间石梯而下，到达著名景区东小天池。东小天池群山环抱，绿如翡翠。从东小天池飞流而下的瀑布涛声震耳欲聋，白波翻飞，浪花与山间彩虹相映，好一幅壮观的画面。可惜，我不是画家，无法将它描绘。相传，这东小天池为西王母娘娘的洗脚盆。清代乾隆年间，曾建起规模宏大的西王母祖庙，后在 1932 年毁于战火。2000 年，当地政府招商引资，重建了西王母祖庙，恢复了天池湖畔这一名胜古迹，吸引来更多的游客观光。

在天池这一著名景区，当地人说，这里的羊肉最好吃。他们说："这里的羊走的是黄金路，吃的是中草药，喝的是矿泉水。"果然，我品尝了烤羊肉和抓饭，独特的羊肉口感至今令人难忘。

吐鲁番地貌奇特

我对吐鲁番并不陌生，知道盛产瓜果葡萄。当我走进吐鲁番，便领略了它的独特地貌。

8 月 22 日，我们坐车沿乌吐公路向吐鲁番进发，过盐湖和水草湖，进入吐鲁番"百里风区"。果然大风猛烈，只见一载运货车被大风掀翻，横躺在公路边，货物撒了一地。大风起兮，沙尘蔽日，也许西部的沙尘源于此地，可谓"土翻"也。吐鲁番海拔不足百米，夏日热浪袭人，温度在 40℃以上。丽日当空，远远就能望见"火焰山"山脉红光闪闪。只可惜，我们去的那天是个阴天，未能看到"火陷冲天"的景象。令人称奇的是，就在这高山峡谷中，却是溪水潺潺，绿树成荫，与"火焰山"形成鲜明对比。更吸引人的是，还有一条长八公里且盛产葡萄的葡萄沟。这里的维吾尔族人家家户户都有葡萄园，放眼田野正是葡萄收获的季节，一串串红艳艳、黄澄澄、绿如翡翠的葡萄让人流连忘返。据介绍，葡萄沟的葡萄种植面积 30 多万亩，年产葡萄 40 多万吨，已有不少维吾尔族农户靠种植葡萄发家致富了。在葡萄沟还有一种颗粒奇小的束束葡萄，品种优良，为稀有的品种。当地人讲这种葡萄能治多种疾病，在市场上很抢手，每公斤达几百元。为发展观光农业，当地在葡萄沟建起了游乐园，无数个葡萄长廊果实累累，浓荫蔽日，吸引了来自各国的游人观光、品尝。新疆人能歌善舞，闻名全国。他们夸张地说："新疆人会说话就能唱歌，会走路就会跳舞。"在葡萄园观看维吾尔族歌舞已成为一大景观。

出了葡萄沟，我们到坎儿井民俗园参观。坎儿井是吐鲁番北部山麓伟大的地下水灌溉工程。它是与万里长城、纵贯南北的大运河齐名的我国古代三大工程之一。坎儿井是汇聚雪山之水，分千条支流供当地人饮用和灌溉服务的地下暗渠。坎儿井历史悠久，早在汉代已有雏形，后逐渐完善并传到中亚和波斯地区。我们在这里不仅看到了坎儿井模型，还看到了坎儿井清澈的流水。如今，当地维吾尔族农户，虽有自来水，仍习惯从坎儿井取水饮用。

离开吐鲁番，一种依依不舍的感觉油然而生。

塞外江南喀什

到了新疆，友人说："不到喀什，就不算到过新疆。"我们经不住诱惑，又不远千里，乘飞机到喀什旅游。这里的天黑得很晚，已是晚上 10 点，天才暗下来，与内地时差近 3 小时。这时喀什地区的夜生活才开始。喀什全称"喀什噶尔"，是东西方文化汇聚地，有浓郁的自然风光和人文古迹。喀什有维吾尔族、回族、塔吉克族、汉族等 32 个民族，维吾尔族占 90%。喀什南通印度、阿富汗，西接巴基斯坦，是新疆的边陲重地。当我们路经喀什市广场，看到了高大的毛泽东主席塑像屹立在广场。2000 年 12 月 26 日，也就是毛泽东主席生日那天，喀什市还隆重举行了庆祝建市 50 周年。

在喀什两天，我们游览了红柳绿洲的达瓦昆大沙漠。沙漠水资源丰富，只要挖下去半米，就有水。当地还挖出不小

的人工沙漠湖泊。我们又参观了新疆最大的艾提尕尔清真寺。该清真寺是伊斯兰教信徒活动的中心,分正殿和侧殿,可容纳2万多人做礼拜。我们还参观了穆罕默德·喀什噶里墓和思想家、文学家玉素甫·哈斯·哈吉甫陵墓,同时参观了阿帕克霍加墓,即香妃墓。香妃墓坐落在喀什市东北郊5公里处,占地30亩,距今已有350年历史。其建筑华丽宏伟,是一座典型的伊斯兰教式古老的陵墓建筑。墓室内的墓台上,排列着大小不等的58个坟丘,埋葬着阿帕克霍加五代共72人,用黄巾覆盖着的香妃棺木就在其中。值得一提的是,在喀什我们拜谒了盘城,这是为纪念定远侯班超(为陕西咸阳人)而建的。班超塑像屹立正中,30名武将分站两侧。据介绍,班超在远征西域中与各族人民和睦友好,并在那里娶妻生子。如今,这里已成为爱国主义教育基地。大凡到喀什市旅游的人必去这里凭吊班超等将士。

喀什有着浓郁的文化风情,维吾尔族人善于歌舞,热情好客,还善于打制铜器、编制毛毯等,在喀什就有琳琅满目的手工制品一条街。在喀什市游玩,我们品尝了烤全羊。维吾尔族人在招待尊贵的客人时,要将烤全羊的两角系上红绸献上,请贵客开刀剪彩,席间又以欢乐的歌舞助兴。我们这些不会跳舞的人也随着优美的旋律舞动起来。

美丽富饶的喀什物产极为丰富,盛产水稻、葡萄、瓜果,特别是无花果大而香甜。喀什不是江南却胜似江南。

美丽神秘的喀纳斯湖

喀纳斯湖位于新疆边陲阿勒泰地区北部布尔津县腹地。8月底,我们从乌鲁木齐市乘飞机到达"金山银水"之地——阿勒泰市,坐汽车前往喀纳斯湖。当汽车翻山越岭到达边防检查站,就进入了喀纳斯国家级自然保护区。我们兴奋地看到一条泛着蓝光的欢腾的小河,就是从喀纳斯湖流出的河水,它沿着山谷流向布尔津河,最终越过国界注入北冰洋。喀纳斯湖自然保护区山高林茂、落叶松与白桦树一坡坡、一片片，与阳面山坡草场形成独特风光。在草场上，马、牛、羊成群，白色的蒙古包星星点点。汽车沿峡谷公路盘旋，绕过月亮湾湖，有人指着湖中央一个大脚印小岛，说这就是当年成吉思汗西征时留下的脚印。喀纳斯湖就在喀纳斯自然保护区腹地深处，由100多条冰川汇成。

喀纳斯湖地处阿尔泰山脉峡谷深处，群山环抱，长28公里，宽2公里，比天山天池大12倍多，是我国已知的最深的高山湖泊。其水深达180多米，由100余条冰川雪水汇入。喀纳斯湖有6道湾，形如环月，美丽而神秘，犹如戴着面纱的维吾尔族姑娘，是未被污染的处女地。近年，当地政府有计划地招商引资，进行保护性的旅游开发。当地一些牧民也参与接待游客，让游客入住蒙古包或小木屋，骑他们的马观光。在喀纳斯湖，我们坐游船饱览湖光山色，但游船不能进入里面3道湖区，为的是保护生态环境。为一览喀纳斯湖全景，我们登上南岸2000余米高的骆驼山顶峰的观雨台，喀纳斯湖尽收眼底。放眼望去，湖光山色，相依相连，蓝水绿树，蔚为壮观。每到深秋，白桦树叶红似火，湖水变白，更为迷人。冬天，大雪封山，湖水积冰1米多厚，群山银装素裹，颇具瑞士风光。喀纳湖过去传闻有"水怪"，其实可能是已发现的大红鱼。游人登骆驼山观鱼台，竞相争睹红鱼，但见到的人很少。尽管我们没有看见到"水怪"，也没看到大红鱼，但无比鲜活的喀纳斯湖让我们兴奋不已。高兴之余我们举起照相机，拍摄美丽神秘的喀纳斯湖的湖光山色，永远珍藏。

当我坐上飞机，离开新疆，我脑海里涌动出如下诗句：

走新疆看新疆，
新疆是个好地方。
新疆的小伙子最热情，
新疆姑娘更漂亮。
新疆的葡萄品种多，

哈密瓜儿甜又香。

新疆的羊肉最好吃，

新疆让我常向往。

2002 年 9 月 6 日于兰州

难忘沙尘暴的肆虐
——记者手记

记者出行，时有不测风云。而在我的记者生涯中，最令我难忘的是在敦煌南湖乡采访归途中遇到的特大沙尘暴。

那是 1995 年 8 月 1 日，我到河西三地采访的最后一站——敦煌南湖乡。那天，艳阳高照。一早，我和敦煌市报道组的小柴、市水电局杨局长驱车前往南湖乡。北京吉普车在平坦的高级公路上奔驰，70 公里的路程，不足一小时就到了。南湖乡紧邻古阳关，再往西就是罗布泊死亡地带的塔克拉玛干大沙漠。但我眼前的南湖乡却是沙山包围，水草丰盛。有一万多平方米湖泊的南湖乡日照充足，是最好的葡萄种植基地。此时，正是南湖乡葡萄收获的季节。在这里纵看有葡萄长廊，横看是葡萄田园。水灵灵、亮晶晶的葡萄挂满枝架，十分诱人。就在我们兴高采烈结束对南湖乡的采访，返回途中却遭遇了特大沙尘暴。

下午两点半，太阳当头，微风骤起。车行驶不到 10 分钟，只见天空一道刺眼的红光闪过，紧接着狂风骤起。有经验的杨局长说，沙尘暴要来了。瞬时，漫天遍野昏黄一片，铺天盖地的狂风夹着戈壁沙石飞舞，整个大地在被撕扯、在恕吼。沙尘暴在戈壁荒漠上以迅雷不及掩耳的速度奔腾、肆掠。飞沙走石无情地袭击着我们的吉普车，四周能见度几乎为零，司机打开车灯也无法清晰辨认道路，只得降低速度摸着公路行驶。我这个外行说："干脆，停下来不走，等风过了再走吧。"司机说："不行，一停车，要不了几分钟车子就会被沙尘暴淹没。"杨局长还说，像这样的沙尘暴，行人遇见，准得被抛到高空，摔死。"我只好说："师傅，我们几个的命就交给你了。"狂风仍然猛烈地刮着，沙石无情地飞奔着，怒吼着。无情的沙尘暴猛烈地向吉普车袭来，只听见嚓嚓、叮咚的沙石拍打着车子，好像要将车子掀翻，抛向无边天际，令我胆战心惊。而且沙子无情地钻进了车内，我们的眼睛、鼻子、耳朵无不受到沙子的光顾。车内空气让人窒息，一种莫名的恐惧油然而生。我的心提到了嗓子眼，心中又默默地祈求佛祖保佑我们平安。

　　已是下午4时，识路的司机说右面可能就是南湖水电站，到那里躲躲再走。车到南湖站后，我们每个人都变成了沙人儿，满身、满头、满脸都是黄沙。我们洗了脸，在南湖站小憩一会儿，围着火炉吃了透心凉的西瓜，才觉得舒心一点。风似乎减速了，能见度仍然极低，我们继续往敦煌市前行。

　　好在一路上只遇见迎面开过来一辆大卡车，未发生交通事故。在距离敦煌市10多公里时，肆虐的沙尘终于停止了。但眼前却是一片狼藉，不少行道树被连根拔起，有的横腰折断，一些农舍被撕得支离破碎。进入敦煌市区，所见也是一片混乱。街上横七竖八地躺着摩托车、架子车，有的门店被刮翻，黄沙成堆，遍布大街小巷。

　　这次沙尘暴长达四个多小时，风力达12级，给河西之地造成重大损失。我们从南湖出发返回敦煌，仅70公里的路车行驶了5个多小时，车到达敦煌已是晚上7点多了。

　　由于受沙尘暴惊吓，面对一桌丰盛的晚餐我却没有胃口，一生中第一次路遇特大沙尘暴的阴影仍挥之不去。我在想，西部戈壁荒漠，近年随着移民等人口的增加，特别是过度开发取水，造成地下水源枯竭，这是近年沙尘暴频发的真正原因。人类对大自然掠夺性的开发，乱挖甘草、沙葱等，而大自然报复人类的将是无情的沙尘暴。这是多么值得人们深思

啊！

2005 年 12 月 2 日于兰州

梦趣杂说

有人说，梦是心灵的眼睛；也有人说，梦是疾病的先兆。而我说，梦是一种至高的心理调节和乐趣。大概，每个人都和梦有不解之缘，我更是一个多梦的人。走过了半个世纪，回味人生路上的梦，或惊、或乐、或悲，无不成趣。

记得小时候，家境十分贫困，只有逢年过节才能吃上一顿丰盛的饭菜，就是过生日也只有鸡蛋一只。于是我常常想，要是经常过年该多好。真是日有所思，夜有所梦。常常，是梦境把这种欲望变成了"现实"。青年时期，学业未成，但理想多，梦境里常反复梦见自己双脚不着地，能在大地上空飞翔。连自己也奇怪，怎么人飞得比鸟儿还快呢？当我从水乡江南来到了大西北上学，远离家乡和亲人时，我有着浓浓的思乡情结。是梦境，使我回到了故乡，看到了青青的山，潺潺的小溪，在桃红柳绿中走进竹林丛中的茅屋，一头扑到母亲的怀里……醒来原是一个美梦，但它却圆了我的思乡情。

中年，扶老携幼，工作、生活担子压肩头，梦也不再有浪漫，却多了几分沉重。有时在梦里，走在摇摇欲坠的木楼地板上，有时候又梦见在沙丘上爬行，虽寸步难行，但仍在历险攀登。有时，梦里或抓住一根树枝，几经努力上到了高处，远眺山脉、江河，又是另一番情趣。

进入知天命的年轮，梦境常与武打纠缠不清。晚间打开电视，武打片、枪战片各色各样，英雄豪杰层出不穷。加之，白天上班路上总遇见一些恶少，夜间的梦也就十分离奇惊险。但无论怎么惊险，梦里的我却是一条好汉，跑、跳、打、斗

无所不能。纵然身临绝境，也能绝路逢生。梦中，其场面之惊险，打斗之激烈，记录下来就是一篇精彩的武打小说。

这种梦，实在是违背了从小父母教育我"行善不作恶"的家教。回忆生活，从小至今，上孝父母，友爱兄长及同仁，乃至邻里，遇事让人三分又何妨。但是，生活中又真是矛盾无处不有，往往是"人善被人欺，马善被人骑"，少不了遭遇别人的中伤。所幸的是，梦使我得到了心理调整，求得了心理的平衡。只有在梦中，喜、怒、笑、骂随心所欲，使白天所遇的种种不快化为乌有。如此，梦又是最好的心理医生，你不管有何"病"，都能在梦中疗治。我又常想，要是人不做梦，实在是最大的悲哀。对我来说，好梦、噩梦我都喜欢。

2008 年夏天

难忘父亲的教导

父亲在我心中重如泰山，我永生难忘。父亲已离开我 50多年了，他生前的往事却历历在目。

记得我小时候，家乡解放了，贫苦农民翻身做主人了，父亲整天乐呵呵的。特别是晚饭后，他坐在煤油灯下干家务时，一边哼着歌儿，一边干活。他唱："红军红军回来啦，红军红军回来啦……"他又唱"没有共产党就没有新中国"。我也从那时开始知道了新社会，知道了共产党是人民的大救星。记得抗美援朝开始时，村里一边宣传抗美援朝保家卫国，一边又开展大生产运动。父亲很是忙碌，他白天干完地里的农活，晚上还要在煤油灯下或打草鞋，或用竹衣绞牵牛的绳子。同样，也是一边干活，一边哼着歌儿："团结就是力量，这力量是铁，这力量是钢……"应该说，我后来爱歌唱，父亲可以说是我的第一任启蒙老师。

我的父亲从小失去了母亲，青年时又失去了父亲。他在八九岁时就到舅舅家生活，上了一年私塾，就随舅舅帮富人家干活学手艺或打短工。父亲十六七岁已学得一手木活和盖房的手艺。记得，他在农闲时，常到远近各村帮人盖房，每每晚上打着火把才能回到家里来。只要父亲外出干活，我每晚都要等父亲回来才去睡觉，因为父亲每晚回来都要带回东家送的咸鸭蛋一只，还有少量的下酒菜香肠等吃的。父亲从小失去了许多母爱，他却把许许多多的爱无私地奉献给了他的儿女们。

我父亲还是一个爱憎分明、心地善良的人。记得父亲有一肚子的故事，每每晚上干活时，他就用讲故事的方法让我们捧腹大笑，使我们不打瞌睡，能跟着他多干点家务活儿。而在父亲给我们讲的故事中，我印象最深的是一个惩恶扬善的故事。他说，在很久以前，有个殷实人家，兄弟俩的父母亲先后早逝，这大哥就成为一家之主。但老大的心眼不好，不久就分家，让年幼的弟弟单过。老大把最好的地留给了自己，把耕牛也留给了自己，而弟弟只分到少许的薄地和一条狗。弟弟没有牛耕地，他只得和狗一块拉犁。就这样弟弟日复一日，年复一年地辛勤耕耘，总算过上了不愁吃的好日子。后来，老大家的耕牛在过度劳累的耕种中死掉，老大又起歪心，让弟弟把狗借给他耕地。老实的弟弟只好把狗借给了老大。好景不长，这条狗到老大家，天天拉犁耕地，不久就累死在地里了。弟弟见自己心爱的狗死了，伤心不已，把这条和他相依为命的狗埋葬在自家山坡上，还在狗坟上栽了一棵小树。弟弟每天到山上，到狗坟上哭一阵，给狗坟培土。不久小树长成了大树，并结出了鲜红的果实。弟弟也不管这果实能不能吃，反正他饥不择食，就每天吃些树上的红果。说也奇怪，果子总是摘了又有，总也吃不完。更令人称奇的是，弟弟吃了这狗坟上的果子一天到晚不饿，还尽放香屁。一天，弟弟上街，适逢县老爷外出巡视。县老爷闻见满街奇香，向众人了解得知，有个穷庄稼汉吃了野果放香屁。县老爷即刻召见这穷汉，问其缘由。弟弟一五一十地将狗死、吃果、放屁等事一一道来。县老爷听后，说："你以后不要再吃这香果了。我送你50两银子，去买头牛耕地，过好日子。"弟弟吃香果放香屁得银子的事很快被乡亲们知道了。老大知道后也到弟弟的狗坟上摘果子吃，也想放香屁得到县老爷的赏银。但善恶有报，老大吃了果子后，却不放香屁。一天，他到街上去卖粮，很不好的是正逢县老爷出巡。县老爷远远就闻见一阵恶臭，问："这是何等臭气？"随从同样把老大吃果放臭屁的事告诉县老爷。县老爷大怒，令随从把这恶人捉来。老大见了县老爷，连连放臭屁，县老爷让手下打了这恶人五十大板。老大被打得皮开肉绽，无脸见乡亲，蒙羞回到家中。父亲给我讲完这个民间故事后说："你们长大了，兄弟姊妹要互相关爱，善待他人。"我一直记着这个故事，牢记父训，一生行善不作恶。

1952年，我的表姐先后失去父母，无依无靠，当年她10岁。后来，父亲和母亲商定，把我表姐接到我们家抚养。虽然我们家也不富有，但仍然送表姐上了小学，还让她考上了不要钱的乐山卫生学校。后来，我表姐成了一名医生，生活无忧。

解放后，父亲也让我一个哥哥上了学，更让我从小学读到高中。父亲去世后，我的哥哥们也不忘父亲的教导，友爱弟妹，使我能继续学习，并在1965年考上了兰州大学中文系。如今，我衣食无忧，难忘父母恩，难忘兄长情。

写于2016年夏

第二辑

诗词作品

水调歌头·春游白塔山　>

　　春风伴佳绪，携子上白塔。一览金城飞花，绿染万户千家。耳听黄河涛声，俯瞰浓荫滨河，十里垂杨舞。远眺皋兰山，群龙吐珠①更须看。

　　苍山翠，歌声亮，众植树。挥汗待明朝，翠柏盖青松。种草种树精神，"八五"计划宏图，全民齐奋勇。北国变江南，志士乐其中。

载《甘肃农民报》1998 年 4 月 13 日

注：①群龙吐珠指南山人工喷灌。

咏乐山大佛 >

巧刻石壁一佛僧，
背托凌云①侧向东。
岿然屹立三江水②，
含笑承接八面风。

1982 年夏日写于兰州

注：①凌云指凌云山。②三江水指大渡河、青衣江、岷江。

月夜蝉声
——夜游兰州五泉山公园有感>

皋兰山巅月照明，
白塔①灯火辉相映。
金城②流连黄河水，
五泉幽静听蝉声。

1982 年 8 月 4 日写于兰州

注：①白塔指白塔山公园。②兰州古称金城。

女青年的心声 >

我是一个孤傲自大的少女，
敢来问津者不值一顾。
岁月消逝红颜已过，
平直的额上出现了五线谱。
青春一去不再来，
满腹愁苦对谁诉？
对谁诉？
热心人劝我找"婚姻介绍所"，
啊！在这里我遇到了可敬的伴侣。
我同情他的不幸，
他理解我的痛苦。
他虽然不是翩翩少男，
已有大儿小女。
他不是英雄名流，
只是个跋山涉水的地质干部。
可他是那样慈祥忠厚，
目光炯炯气不俗。
他有丰富的阅历，
知识广博令人钦佩。
他的足迹遍布祖国山河，
经历了风霜严寒和十年"文革"，
犹如一棵不老的青松，
傲骨耐霜，屹然挺立。

三中全会的春风雨露,
滋润了他的心田。
弃儿归来又奋战在祖国的崇山峻岭之间。
哪里有宝藏,
哪里就有他的足迹。
还有那千山万岭呼唤他,
去考察、探险、寻找宝贝。
我脸上的愁丝顿时消退,
青春又回到了我的身边。
让我敞开心扉,
唱起欢乐的歌,
愿两颗滚动着的心,
永远相随。

写于 1982 年 10 月 12 日

春游安宁桃园 >

安宁含笑迎游客，
人群八面赏桃花。
红波涌动花千树，
绿风着意染华发。
情切切，纵情唱，
歌甜甜，入农家。
桃农展眉舒心笑，
游人流连日影斜。
待到金秋再相会，
更喜红桃誉天涯。

用笔名"筱舟"发表
载《甘肃农民报》1984年5月4日

春游承德避暑山庄 >

> 林茂幽深烟波楼,
> 草色青青鹿回首①。
> 锤峰②怪桑字难考,
> 八庙宫殿数风流。

2004 年 4 月 24 日游河北承德避暑山庄有感而作

注：①指当地的野鹿。②指棒槌山。

梦游峨眉山
——献给高中六五级一班同学>

四十春秋老来游，
青山如黛人非昨。
神水清音传笑语，
细雨洪椿霜染坡。①
百年修得同窗友，
西域秦岭难阻隔。
侬愿乘风追金顶②，
共赏中秋峨眉月。

2005 年 9 月 16 日写于兰州
（当时高中同学正游峨眉山）

注：①此句中神水、清音、洪椿为峨眉十景之一。②金顶指峨眉山
金顶。

秋日怀乡 >

秋风萧萧柳叶黄，
满目苍山悲秋凉。
遍洒黄叶飞何处，
游子何时归故乡。

2005 年 10 月于兰州

追祭二哥泽旗 >

遍地菜花春意浓，
红梅点点寒东风。
青山依旧人已去，
二哥坟前深鞠躬。

写于 2006 年 4 月

注：我的二哥于 2005 年 9 月去世，我第二年回乡祭拜二哥。

喜相逢
——四十多年后与高中同学相聚蓉城>

四十年后喜相逢，
师生相拥情深深。
看是非是新面孔，
难辨梦中少年人。
风声雨声麻将声，
唯恋同窗读书声。
别塔子①，
离蓉城。
泪洒成乐路，
心飞乐山城。
何日再聚首，
此情长悠悠。

2006 年 5 月 5 日于兰州

注：①塔子指塔子山公园。

沙尘飞来 >

红光出边关，
黄沙滚滚来。
飞沙几万里，
吹遍北京城。

写于 2006 年春

注：2006 年春的沙尘由西向东，直达北京、上海等地。

故乡行 >

银犬闹春菜花黄，
风尘仆仆归故乡。
巴山蜀水万千象，
处处别墅点山庄。
蜀南竹海波万顷，
峨眉仙景听涛声。
观云海攀登金顶，
叩拜普贤寄深情。

用微信昵称竹叶青写于 2006 年夏

致女儿的诗　>

你是一块美玉，
从小我没能把你打磨；
你是朵鲜花，
却不在高处。
你很有孝心和善心，
却又对着你的亲人"咆哮"。
说你单纯，
却又显老成。
看着你我很心酸，
想着你的未来我很惆怅。
我的女儿，我很想你完美，
但有谁是完美的人？
我们是人，不是神，
我们都有不足和不是，
相信在生活的长河里，
你会在游泳中学会游泳。

写于 2008 年 3 月西安

注：当时我女儿坐月子，心情不太好，有时与我发脾气。

过秦岭 ＞

盘山绕道穿山过，
众峰含笑云雾中。
手可摘天云飞舞，
万坡枫叶似火红。
兴叹神笔也难画，
如诗秦岭又一秋。

写于 2008 年秋

在天之南有一颗星
——写给孙莎萍①老师的诗>

在遥远的星空，
在天之南，
有一颗耀眼的星，
她是那么的光芒四射，
那么的耀眼夺目。
我仰望着她，
思念着她，
热爱着她。
这颗充满光辉的星，
在我贫穷的学生时代，
她带给我光与热；
在我步入中年的岁月，
她始终关注着我，
带给我信心和力量；
在我步入老年的时候，
她的活力，
带给我自信与坚强。
啊，亲爱的孙老师，
您犹如天之南那颗星，
始终与我为伴。
您潇洒的人生，
多才多艺的人生，
善良乐观的人生，
始终激励着我前行。

虽然我远在大西北，
但我们却通过短信传波，
通过电话连线，
我们的心是相通的。
在老师七十大寿之日，
我祝老师生日快乐！
福如东海，寿比南山！

写于 2009 年 12 月 14 日

注：①女教师孙莎萍是我高中的班主任。

致农民工之歌 >

沐浴着改革的春风，
农民工——走南闯北去务工。
挖煤、修路、盖大厦，
风餐露宿倍苦辛。
霓虹灯下有你的背影，
火爆餐馆有你的笑声。
长工短工样样做，
苦辣酸甜有谁知？
时有工资被克扣，
时有亲朋受凌辱。
遥望故乡思儿女，
更盼挣钱孝双亲。
唯有等到过春节，
挤火车坐汽车驾摩托，
千里迢迢把家回……

用微信昵称竹叶青写于 2011 年 10 月

致田民君 >

认君识君四十春，
牵手走过山与川。
呕心沥血育儿女，
敬老扶亲保平安。
青春消逝容颜改，
相濡以沫百年欢。

写于 2014 年 12 月

观《徐悲鸿画集》有感　>

浓墨重彩淡点睛，
走笔传神肖像魂。
风驰电掣马蹄急，
红梅数枝寒东风。
百态千姿美素描，
竹石兰草鸟争春。
桃李芬芳遍天下，
大师画风万代存。

用微信昵称竹叶青写于 2015 年

最美乐山湿地公园
——观汪荣华湿地公园照有感>

草色青青木板桥，
竹林深处红路绕。
最美乐山湿地园，
赏心悦目在心田。

用微信昵称竹叶青写于 2015 年 5 月 7 日

观何可书画有感 >

多年苦心舞文墨，
金石书画样样专。
层林尽染水墨画，
多彩江山画中来。

用微信昵称竹叶青写于 2015 年 6 月 2 日

治国理政 >

曙光初露十八大，
反腐倡廉百姓夸。
一带一路谋发展，
万里长风大中华。

用微信昵称竹叶青写于 2015 年 11 月 10 日

今昔乡村对比 >

山清水秀人欢笑，
鸡鸭成群猫上房。
劳动互助邻里乐，
乡村爱情赶集忙。
如今水污人稀少，
留守老人劳作忙。
早也辛苦晚辛苦，
接送孙子上学堂。
若问儿女哪去了，
打工进城自逍遥。

用微信昵称竹叶青写于 2015 年 11 月 14 日

江鸥翔

——为汪荣华乐山岷江江鸥照点评>

岷江河畔群鸥翔，
轻歌曼舞诉衷肠。
乐水乐山人鸥会，
游人举机拍照忙。

用微信昵称竹叶青写于 2015 年 12 月 14 日

雪满嘉州
——为汪荣华拍乐山老宵顶雪照点评>

雪洒嘉州①润无声，
冬日奇观醉游人。
老宵顶上松洗礼，
素裹婚纱待嫁时。

用微信昵称竹叶青写于 2016 年 1 月 25 日

注：①四川乐山古称嘉州。

春满嘉州
——为汪荣华春游照点评>

油菜花海望无垠，
蝶飞蜂绕醉游人。
赏花沐春心灵美，
看望王老传真情。

用微信昵称竹叶青写于 2016 年 3 月 10 日

注：高中同学汪荣华等三人在乐山郊游，
并到养老院看望94 岁高龄王老师。

清明时节祭亡灵 >

清明时节泪痕多，
父母音容难忘却。
严父勤劳又节俭，
慈母善行助乡邻。
不测风云从天降，
和睦家庭断了梁。
高中时期父归天，
大学毕业母远行。
难报父母养育恩，
阴阳两隔哭断魂。
父母在天有感知，
唯有行善寄深情。

用微信昵称竹叶青写于 2016 年 4 月

思故乡 >

我的故乡是那么富饶，
我却不能走近您。
我的故乡是那么多情，
我却永远离开您。
我的故乡是那么美丽，
我却永远在风沙里。

用微信昵称竹叶青写于 2016 年春

注：我 1965 年离开天府之国四川，来到大西北上学，并在西部生活工作五十多年。

天鹅湖中天鹅舞 >

天鹅湖畔人潮涌，
茫茫湖面鹅翩跹。
轻歌曼舞任尔游，
一展歌喉向天冲。

用微信昵称竹叶青写于 2016 年 11 月 6 日

注：为三门峡天鹅湖照配诗。

观乐山梅花照有感 >

梅花一树笑春风,
花影摇曳展芳容。
梦遇梅仙弄倩影,
花开花落断肠人。

用微信昵称竹叶青写于 2017 年 3 月 4 日

清明思故人 >

又是一年芳草绿，
清明时节思故人。
父母天堂几十载，
同胞手足有远行。
恩情亲情难割舍，
遥祭故亲泪沾襟。

用微信昵称竹叶青写于 2017 年 3 月 4 日

　　碧荣小妹于 2017 年制作了纪念画家孙启民大哥的小年糕影集，我点评诗如下：

怀念启民大哥 ＞

大哥仙逝一周年，
水墨山川跃眼前。
回看当年画展时，
举杯祝贺笑开颜。
开颜，开颜，
愿哥天宫续画缘。

用微信昵称竹叶青写于 2017 年 6 月 19 日

快乐童年 >

儿时生活乡下，
绿水青山滋养。
晨听雄鸡啼叫，
午听蝉鸣阳高。
晚时仰望明月，
满天繁星高照。
生活多么惬意，
心中无忧无恼。

用微信昵称竹叶青写于 2017 年 7 月 12 日

中秋国庆节感怀 >

中秋国庆同时庆，
举国上下尽欢腾。
纪念英烈不忘本，
血染红旗祖国魂。①
喜看河山新面貌，
高铁飞速到异城②。
思亲念祖望明月，
嫦娥起舞弄倩影。

用微信昵称竹叶青 2017 年 10 月写于西安

注：①国庆节党和国家领导人为天安门英雄纪念碑献花纪念英烈。
②此句指诗人从兰州坐高铁到西安旅游。

祝贺党的十九大胜利召开 >

继往开来十九大，
近平时代梦华夏。
强国富民新思想，
东方之舟已启航。

用微信昵称竹叶青写于 2017 年 10 月 19 日

嘉州桂花飘香
——为汪荣华照点评>

嘉州桂花千树开，
占尽秋色十里香。
万人空巷闻香至，
滨江一路展新颜。

用微信昵称竹叶青写于 2017 年 10 月 22 日

重阳节有感 >

重阳登高看枫林，
全国老人同欢庆。
七十二年风和雨，
回味人生苦与甜。

用微信昵称竹叶青写于 2017 年 10 月 27 日

为何可笔架山自驾游照配诗 >

呼朋唤友自驾游，
雪山红枫亮眼球。
笔架山高险峰峻，
挥笔画景竞风流。

用微信昵称竹叶青写于 2017 年 10 月 27 日

为汪荣华乐山银杏照配诗 >

千只万只江鸥翔，
满城银杏叶金黄。
梦回故乡千百转，
桂花谢了梅花开。

用微信昵称竹叶青写于 2017 年 12 月 26 日

沙尘袭来 >

十级狂风吹塔城①，
一路东进到金城②。
遮天蔽日雾霾涌，
祈盼飞雪洗风尘。

用微信昵称竹叶青写于 2017 年 12 月 28 日

注：①塔城指新疆塔城。②兰州古称金城。

兰州大学王秋林老师年过花甲仍坚持跑马拉松,已跑了七届马拉松。其坚持锻炼的精神值得年轻人学习,他有诗为证:

> 正月初五练跑难,
> 顶风更觉刺骨寒。
> 为圆八届兰马梦,
> 力克风寒勇向前。

王老师坚持奔跑的精神感动了校友竹叶青,作诗回赠。

赞兰马参赛者秋林 >

> 秋林七战兰马神,
> 健身励志悦心情。
> 备战八马①添新彩,
> 顶风冒雪跑不停。
> 人生路上不松懈,
> 花甲年轮勇攀登。

用微信昵称竹叶青写于 2018 年 2 月 28 日

注:①"八马"指第八届兰州国际马拉松赛。

春之歌 >

兰州的春天来了，
黄灿灿的迎春花，
在山坡上，
在庭院间开了。
它笑眯眯地说，
朋友，久违了。
那细如发丝的柳条，
穿一身新绿，
在十里浓荫滨河，
起舞弄姿。
春天轻轻地来了，
让我们敞开心扉，
拥抱春天吧。

用微信昵称竹叶青 2018 年 3 月 20 日写于兰州

感谢王秋林老师赠书于我。有幸拜读了王秋林老师主编的萃英记忆工程丛书之一《我的兰大》以后，我不仅敬佩兰大老领导们廉洁奉公的精神，更敬佩前辈学者为科研而奋斗终生的精神。今有感而发，有拙诗一首赠兰大萃英口述研究所。

读萃英记忆工程丛书之一《我的兰大》有感

我的兰大师生情，
前辈学者忆古今。
艰苦创业建新校，
群英荟萃兰大门。
呕心沥血育桃李，
阳春白雪齐奏鸣。
改革开放开新宇，
勤奋求实建功勋。

用微信昵称竹叶青写于 2018 年 3 月 23 日于兰州

注：诗作者系兰大中文系 1965 级校友。

后 记

今年春夏之交，我有了想要出书的想法，就与出版社取得了联系。

当我把一堆手写稿和复印稿送到编辑部办公室时，编辑部的老师却说现在一般都要稿件的电子版。我说，我这把年纪了，搞电子版有难度，视力不行了。同时，恳请编辑部的老师全权负责我的出书事宜。就这样，编辑部的老师接下了我的原稿。今年八月下旬，编辑部的老师告诉我，选题已通过有关部门的审核，可以签订出版合同了。

如今，这本《无花果——邹杰散文诗词作品选》就要问世了。我要感谢为本书的出版认真审稿的编辑老师，感谢美编老师和有关工作人员的帮助和支持。本来，我的书稿就像一个"灰姑娘"，但经过编辑老师的整理和美编老师的美化，当它与读者见面时，将会是一个面貌一新的"公主"。虽然我的文笔和水平有限，特别是诗词还很不规范和成熟，只能说是打油诗，但这是集我半生心血而成，也是留给亲朋的一点念想，更是对自己的一个交代，也是为自己的晚年生活添点精神。

夕阳无限好，只是近黄昏。我已过古稀之年，还能出书，这与家人和亲朋好友的支持是分不开的。本书的不足之处，敬请各位亲朋好友和读者包涵，并不吝赐教。

作者

2018 年 9 月 12 日